よこどり

小説メガバンク人事抗争

小野一起

講談社

よこどり

小説メガバンク人事抗争

装画　スカイエマ
装幀　岡　孝治

プロローグ

寺田俊介《てらだしゅんすけ》の脳裏に、10年前の竜崎太一郎《りゅうざきたいちろう》の言葉が、はっきりと蘇った。今、寺田の目の前に、竜崎がいる。長身の堂々とした体格で、筋張った横顔には揺るぎない自信が漲《みなぎ》っている。場所は、静謐な緊張が広がる銀行の役員フロアのエレベーターホールだ。廊下には長い毛足の赤い絨毯が敷かれ、壁には日本画とブロンズのオブジェが飾られている。竜崎は、インタビューに来た女性記者、花島由佳《はなしまゆか》を見送ったばかりだ。

記憶の中の言葉は、幾度となく思い起こされるたびに色合いを変えた。そして、今、その意味は決定的に変質した。言葉の質感に鈍い重みが加わり、鋭さを増した切っ先は、まっすぐに寺田に向けられた。

あれは10年前の春のことだ。法人企画部に異動した寺田は、直属の上司になる部長の竜崎太一郎に挨拶にいった。寺田が竜崎とまともに話したのは、その時が最初だったはずだ。

竜崎は、黒縁メガネの奥から、じっと寺田を見ていた。軽く細めた両目と眉間に寄った皺、そして皮肉めいた笑みを浮かべた頰。寺田は、一瞬にして竜崎にすべてを見透かされているように感じた。いや、これも時間とともに塗りなおされた記憶なのだろうか。寺田の中で、そんな思いもよぎる。

竜崎は淡々とした口調で話した。

「最初に私のやり方を教えておく。まず、君の手柄は、すべて私の手柄にする。いいな」

「はっ」

寺田は、竜崎の言葉に、短く答えた。

面倒な人だな——。

最初にこの言葉を聞いた時、寺田は、そう思っただけだった。竜崎は、大企業向けの営業で実績を残したやり手としてＡＧ《エージー》銀行内で知られた存在だった。しかし経営企画部や人事部を歩む本流ではなく、行内では将来トップ候補とは見られていなかった。広報や国際部門を中心にキャリアを積んでいた寺田とは畑も違う。竜崎は寺田にとって、これまで仕えてきた多くの上司のひとりに過ぎない。これまでの上司も付き合いやすい相手ばかりではなかった。

「それから、私の失敗は、すべて君のせいにする」

竜崎は、寺田に目線を合わせたまま言葉を継いだ。

「はっ、はい……」

寺田は、部下に厳しいという竜崎の評判を思い出しながら、銀行員らしく型通りに恐縮した表情を浮かべて、その場をやり過ごそうとした。確かに、あの時は、そう思った程度だった。

「ただ、心配する必要はない」

竜崎は大きな執務机の前に寺田を立たせたまま、椅子の背とひじ掛けに悠然と身体を預けていた。広い窓から差し込む春先の強い日差しが、竜崎の表情に、深い陰影を与えた。

竜崎は、鋭い目線を寺田に注いだまま、口の端を緩めると、薄い笑みを浮かべた。今、思い出されるその時の竜崎の表情は、ざらついた感触を与えながら寺田の内臓を締め上げる。

「君も、君の部下に同じようにやればいい。それが銀行だ」

竜崎の顔に、寺田の反応を楽しむようなニュアンスさえ浮かんでいた。

竜崎は、その後、銀行内の大方の予想を裏切る形で出世の階段を駆け上がり、今や日本一のメガバンクであるＡＧ住永《すみなが》フィナンシャルグループの代表取締役社長の地位にある。

そして、現在、寺田は竜崎に仕える広報部長だった。


「経営は、いわばアートなんですよ」

竜崎太一郎は、軽く目を見開き、鷹揚な笑みを浮かべた。60歳を超えたとは思えない黒々としたオールバックの髪、しっかりした顎のラインと堂々とした体軀は、いつにも増して精悍な印象を与えた。竜崎が、すべてを受け止めるかのように両手を広げたポーズを見せる。その瞬間を切り取ろうと、フラッシュが明滅、シャッター音が軽快なリズムを刻んだ。

「アートですか。興味深い表現です。日本一のメガバンクのかじ取りをする中で、具体的には、どのような経営の在り方を意味しているのでしょうか」

ウェブメディア「ニュース・インサイト」の記者、花島由佳の黒目がちな瞳が軽く光を帯びた。花島由佳は、1年前に日本を代表する大手新聞である東京ポストの経済部から転職したばかりの敏腕記者だ。

今回の記事の見出しは、これで決まりか——。

そう思うと同時に、広報部長の寺田俊介は不覚にも、口の端から皮肉な笑みが漏れ出たことを意識した。

しまった——。

花島由佳や竜崎に見とがめられれば、皮肉笑いと受け止められただろう。広報のプロとして、記者に社長を揶揄しているかのような姿を見られるのは、失態だ。さらに広報は、トップからの信頼がほんのわずかでも揺らいだだけで職務を果たせなくなる。そもそも銀行員は上司、特にトップに対して批判的な態度や不満を漏らすことなど微塵もあってはならない。

寺田は自らの気の緩みを呪った。

寺田の下腹に嫌な緊張が走る。そして寺田の視線はまずは花島由佳に、その後、ゆっくりと竜崎に向けられた。花島由佳は、集中した表情で竜崎を見ながら、無駄なく選び取られた言葉で質問を続けていた。一方の竜崎も、花島由佳の反応に満足気な笑みを浮かべ、その端整な面立ちに引き込まれるように、質問に聞き入っている。

大丈夫だろうか——。

寺田は半分、胸をなでおろした。そして、それが表情に出ないよう、注意深く厳粛な面持ちを保った。

竜崎は東大経済学部の出身で頭の回転の速さと、あくの強い物腰で、ダークホースとしてAG住永フィナンシャルグループでの出世競争に勝ち残った。竜崎の言動は、現実的に仕事を処理し、常に自分を引き上げる誰かから評価されることに向いていた。そして、その先には、権力を摑み取るという明白な目的があった。そこに遊びや余白が入り込む隙はない。

そもそも、今回のインタビューに向けた打ち合わせでは「経営はアート」というキーワードは、竜崎からも出ていなかった。無論、寺田からも提案していない。

記者対応ぐらい臨機応変にできるという竜崎の自負のあらわれなのかも知れない。当然、社長の竜崎の発言に、一介の執行役員広報部長の寺田が物申すことなどできない。

竜崎の関心は、目に見え、数字に示され、儲けにつながるもの、そして人を付き従わせるパワーに向けられている。

アートは、そもそも現実的ではなく、世俗的な意味では無駄でしかない。竜崎がアートに興味を持つとすれば、絵画の経済的な価値やコンサートが生み出す収益といったマネーに換算できるものでしかないだろう。

その竜崎がアート。しかも自らの経営のありようをアートになぞらえるとは——。

寺田は、社長である竜崎に広報のプロとして、また銀行員として仕えている。職責としてトップの発信を支える必要があり、常にベストの手を考え、実行し続けている。しかし、一人の人間として竜崎を見た時、どこか冷めた感情が浮かんだ。寺田は、自分の口の端が意図せずに皮肉な歪みを生んだ理由を十分に意識することができた。

「経済は不確実です。そしてその度合いはグローバル化とデジタル化によって、ますます高まっています。経営はセオリーではできません。実は、経営はアートという言葉は私のオリジナルではないんです。アメリカに昔、ジェニーンという経営者がいまして……」

竜崎は堂に入った調子で、話を進めた。

竜崎が、予想外の形で出世の階段を上り、トップに立った瞬間に、その存在感に不連続な変化が起こった。黒縁のメガネの奥から向けられる竜崎の目線はグループの銀行員たちにとって特別な迫力を持った。しかし寺田は、こうした目線にも、広報マンとしてひるまずに向き合ってきた。さらに、組織人として巧みに竜崎に仕え、手ぬかりなく職務を果たしてきたつもりだった。

「日本産業銀行《にほんさんぎょうぎんこう》の救済を当時の大谷《おおたに》首相から要請されながら撥ね付ける一方で国内５位の住永銀行と合併、経営危機に陥ったイギリスのヨークランドバンクに３分の１超を出資、インドネシアの銀行も買い取りました。そして、金融のデジタル化に向けてフィンテックの分野でも有力なベンチャー企業を次々と買収していますね。いずれもＡＧ住永グループの高収益を支え、市場の期待を生み出すＭ＆Ａの成功事例だと思います。こうした決断は、まさに芸術家のそれというわけですね」

興に乗った竜崎の口をさらに滑らかにしようとしているのだろう。花島由佳の質問は、竜崎の経営者としての実績に移っていった。

花島由佳の右手が、豊かな黒髪に触れ、額にかかった毛先を軽く整えた。そして、その両目を竜崎に向けた。

しかし日本産業銀行の吸収合併を当時の大谷首相から打診されながら断った時期には、竜崎がまだ専務だったことは、花島由佳に注意をしておくべきだろう。そののち、日本産業銀行が経営破綻、一時国有化されたことから、首相の口車に乗らず、経済合理性を貫いた美談としてマスメディアで報じられるようになった。もし、首相に言われた通りに日本産業銀行と合併していれば、ＡＧ銀行も経営危機に転落していたかも知れないのだ。

ただ、首相の提案を断る決断をしたのは、当時の頭取の長谷山《はせやま》だ。時の権力の意向に配慮すべきだと考えた竜崎はむしろ政府の提案を受け入れるよう進言していたことは、一部の幹部の間では知られた話だった。

その件で、長谷山と対立、竜崎の地位が危うくなったとの見方すらあった。しかし、竜崎はＡＧ銀行の頭取、住永銀行との合併で誕生した持ち株会社・ＡＧ住永フィナンシャルグループの社長へとステップアップする中で、美談のストーリーは変化していった。

竜崎の政治家や官僚への巧みな交渉や粘り強い根回しで、首相からの要請を断るという難事が円滑になしとげられた――。

会長になった長谷山が急死したこともあって、竜崎は、首相の要請を断るよう進言した信念を貫くバンカーとして位置づけられ始めた。美談の主役は、いつのまにか長谷山から竜崎へとすり替えられたのだ。

無論、それに異をはさむものなどグループ内には一人もいない。

存命するただ一人の頭取経験者で、相談役の栗山勇五郎《くりやまゆうごろう》が「品がない」と竜崎の言動を揶揄したとの話が、漏れ伝わったこともあった。ただ、栗山も、それを正面切って竜崎に指摘することはなかった。そもそも、美談への変化は、竜崎というより、竜崎に近い取り巻きが、竜崎を礼賛、神格化するために作り出した物語のように寺田は感じていた。

取り巻きの幹部たちが、何かにつけて竜崎を懸命に祭り上げる姿は、寺田から見れば、滑稽ですらあった。ただ、数々の再編でグループの拡大を実現、過去最高益を更新し続ける竜崎は、グループ内で、簡単に意見ができない特別な存在になりつつあるのも事実だった。

しかし、この美談は今や、デリケートな意味を持ち始めていた。首相の大谷の下で日本産業銀行の吸収合併の案を担当していた当時の官房副長官の原田幸三《はらだこうぞう》が今や財務相を務めているのだ。

原田にとって日本産業銀行の一件は苦い経験のはずだ。無論、原田が公式、非公式にそうした感情を持っているという話が寺田に聞こえてきたことはない。

ただ、竜崎が美談めかして、メディアのインタビューにこの件を吹聴しているとみられれば、しっぺ返しをくらう危険性がある。有力政治家や監督官庁の幹部官僚に対しては、細心の注意を払う必要がある。どんな微細なリスクでさえも、一分の隙もなく排除しておかなければならない。

以前は得意気に日本産業銀行の件を口にしていた竜崎と竜崎の取り巻きたちは最近、雑談の場ですら、まったく口にしなくなっていた。竜崎が、財務相の原田のことを意識しているに違いないと寺田は感じ取っていた。そうしたトップの言動の変化を読み取り、竜崎の本音を察しながら、マスコミ対応に生かすのは寺田の仕事の一つだ。

自分が担う責任の範囲で、リスクを慎重に取り除き、間違いなく仕事をこなすことが銀行員の基本だ。新入行員の時に上司だった副支店長がビール片手に語った言葉が、寺田の銀行員としての指針になった。

「仕事は上司の顔色を見てするもんじゃない。お客様のために仕事をすることを忘れるな。そして仕事に隙を作るな。辛いときは、仮面をかぶって組織を生き抜くんだ」

この副支店長は、高卒でエリートではなかった。もちろん、副支店長以上に出世することもなかった。しかし、副支店長は地味だが着実な仕事ぶりで街の中小企業の信頼が厚かった。寺田は、その姿から銀行員の仕事のイロハを学んだ。

ただ、「仮面をかぶる」という言葉の意味が、本当に理解できたのは、何年も後になってからのことだった。

執行役員以上の大半が東大卒で占められるＡＧ住永グループで、名門の慶早大《けいそう》とはいえ私立大学卒の寺田が、執行役員まで上がれたのは、確実に仕事を進め、誰にも後ろ指をさされないよう細心の注意を払ってきたからだ。そしてミスをせず、顧客に貢献できるよう努めてきたためだ。

寺田は特定の派閥に属することはなく、竜崎の取り巻きも含めて、あらゆる行内のインナーサークルと適度に距離を置いてきた。そうした中立的なポジションが、行内だけでなくマスコミとの微妙なバランスを取ることが求められる広報部というセクションで、寺田の地位を徐々に押し上げていった。

上司、部下、他のセクションから取引先まで、日々の仕事は、様々な目線にさらされている。特に、経営統合した旧住永銀行出身の行員たちには、ことさら注意が必要だ。プラスを目指して得点を稼ぐより、ひたすら注意深くマイナスを消した。その結果、寺田の前に、出世への道筋が、すっと浮かび上がったのだ。

ＡＧ住永フィナンシャルグループは金融持ち株会社で、その傘下で中核を担うのはＡＧ住永銀行だ。他にもＡＧ住永信託銀行、ＡＧ住永ヨークランド証券、ＡＧ住永リース……。傘下には金融ビジネスを担う多くの会社がぶら下がっている。

寺田は持ち株会社の広報部長を務めると同時に、ＡＧ住永銀行の執行役員広報部長を兼務することになった。同期で、昨年6月にＡＧ住永銀行の執行役員に上がったのは、寺田も含めてＡＧ銀行出身が3人、住永銀行出身が2人だった。合計で１０００人を超える同期がいたことを考えれば、相当な倍率をくぐり抜けたことになる。しかし、寺田は、自分が役員になれたのも、ただの偶然だと考えるようにして、ひたすら職務に没頭するよう心掛けていた。そもそも私大出身で、広報や国際部門がキャリアの中心である寺田が、これ以上、昇格することはメガバンクの人事の常識では考えられなかった。何より同期には、東大出身で、全国銀行協会への出向経験があり、人事の担当も長い経営企画部長の唐沢伸《からさわしん》二《じ》がいる。唐沢は若いころから、「必ず副頭取までは出世する」と言われてきたエースだった。

花島由佳から日本産業銀行の件について、さらに詳しく質問が出ても、竜崎はうまく話をそらすだろう。さらに寺田から花島由佳に「日本産業銀行の件は竜崎の専務時代の話ですので、今回の企画で取り上げるのは、ふさわしくないでしょう」と後で、念を押しておけばいい。寺田は、そう段取りを考えた。

今回のインタビューは、10回にわたって連載が続くロングインタビューだ。このインタビューシリーズには、注目の政治家や気鋭の物理学者、若手の起業家、有名棋士、ヨーロッパで活躍するサッカー選手も登場している。その人の生い立ちや、人生観を深掘りして描き出すことで注目を集めている。

記事の分量に制約がないウェブメディアの特徴を巧く活用して、長い記事をアップしている。紙面に限りのある既存の新聞や雑誌、放送時間に制限のある地上波テレビでは、なかなか実現できないインタビュー企画だ。

銀行経営陣の多くは、日本を代表する経済新聞である日本産業新聞や公共放送のMHKなどの既存の新聞やテレビをマスコミの代表として意識している。

ただ、若者の新聞・テレビ離れが進む中で、ネット専業メディアの存在感が高まっている。人にフォーカスした記事は、若者を中心に人気で閲読率も高い。若い世代へのリーチは、ビジネスの上でも、新規採用の面でも重要な意味を持っていた。そう考えて、ニュース・インサイトからの取材の申し入れを受けるよう、竜崎に進言したのは寺田だった。自らのイメージ形成に余念のない竜崎は、人物像まで伝えることができるロングインタビューの持つ戦略的な意味を、すぐに理解した。

寺田が、こうしたインタビュー企画を竜崎に進言したのは、まもなく社長としての最終年度を迎える竜崎の集大成を華々しく演出するためだ。竜崎のレジェンドを作り上げるために、その存在と業績を世に知らせ、際立たせることが目的だった。むろん、そんなことを竜崎と寺田が明示的に、話し合ったことはない。AG銀行時代の慣行に従いトップの任期が6年であることを前提に、竜崎の思いに想像を巡らせて寺田が広報戦略を立てたに過ぎない。寺田としては、前例や竜崎のキャラクターを考慮して広報マンとして当然の手を打ったつもりだった。竜崎も、特に寺田のプランに異論を差しはさむことなく、複数のメディアとのインタビュー企画は進んでいた。

今回の花島由佳のインタビューは3回に分けて実施された。今日は、その3回目だ。竜崎から面白い言葉やエピソードを徹底的に搾り取りたいというのが花島由佳の本音だろう。東京ポストの記者時代から政治家や大企業経営者への厳しい質問で知られる花島由佳も、今日は友好ムードだ。そのことが、竜崎をますます上機嫌にしているように見えた。

「ヨークランドへの出資は、世界を揺るがしたリーマン・ショックの直後でしたからね。『落下する剣を素手で摑むようなものだ』と、他の金融機関や一部のエコノミスト、それからメディアのみなさんにも揶揄されました。もちろん、その当時は、その手の批判にいくら反論しても意味はありません。結局は結果だけがものを言う。それが経営です」

竜崎と花島由佳のやり取りは、順調に展開していった。寺田が懸念していた日本産業銀行の件を花島由佳が深掘りすることもなかった。

「本日も、貴重なお時間を頂きありがとうございました。これで3回のインタビューも終了です。面白い記事が書けそうです」

花島由佳は、そう言うと、メモを記していた赤い革の手帳を閉じた。そして、テーブルの上に置いてあったICレコーダーを手に取ると電源をオフにした。カメラマンもフラッシュを外し、カメラやレフ板などの機材をケースに片づけ始めた。

花島由佳はノートやICレコーダーを、手提げ鞄に入れながら、ふと竜崎に目線を向けた。

「あの。実はインタビューとは別に、お聞きしたいことがあるんですが」

「何なりと、どうぞ」

竜崎も軽い笑みを湛えながら、浮かしかけた腰を再び、革張りの黒いソファーに深く沈めた。インタビュー後のオフレコを活用して、情報を引き出すのは、記者の常套手段だ。

寺田は、2人のやり取りを注視した。

「田所《たどころ》副社長が、AG住永ヨークランド証券に移られるという話を聞きました。本当ですか」

「人事のことは、いくら花島さんでも答えられませんね」

竜崎は、まったく表情を変えずに、教科書通りの答え方をした。AG銀行の時代からの人事慣行に従えば、今年6月に丸5年を迎える竜崎の残り任期は、あと1年3ヵ月ということになる。後任のトップ争いは、海外畑で、営業の経験が長い持ち株会社副社長の田所俊作《しゅんさく》と企画部の渉外で金融庁、大蔵省の担当が長く、人事の経験もある傘下銀行、AG住永銀行頭取の宇野忠則《うのただのり》の一騎打ちとみられている。2人とも、AG銀行の出身で、田所が4年、宇野は6年、竜崎より入行年次が下だった。特に宇野は、竜崎の側近の一人で、次期社長の有力候補とされていた。

グループ内でも、今年の6月に副社長の田所がAG住永ヨークランド証券の社長となり、来年、宇野が竜崎の後任のAG住永フィナンシャルグループの社長になるとの観測が出ているのは事実だった。ただ、竜崎の腹の内は、広報部長の寺田にも、まったく分からなかった。耳の早い花島由佳が、さっそく噂を聞き付けたわけだ。花島由佳の質問は、「日本一のメガバンクのトップに就くのは宇野なのか」という問いに、読み替えることができた。

「人事は一晩で変わることもあります。それに……」

そこまで話すと竜崎は、意味ありげに言葉を止めた。そして、再び頬を緩めると、試すような目線で、花島由佳を見た。いったい竜崎は何を話すつもりなのか。寺田は、竜崎の言葉と表情に、さらに注意を向けた。

「花島さんともあろう記者さんが、うちのグループの人事を従来の秩序に沿ってしか考えないのは、如何でしょうか。AG住永フィナンシャルグループの社長の任期が6年だという考えは、過去の時代の産物です。世界はめまぐるしく変化しています。それだけ経営のかじ取りは難しい。最高の布陣にするためだったら私が5年で身を引くことだってあり得ない話ではありません。決めるのはグローバルな経済環境とそこで生き抜くグループの戦略であって、これまでの銀行の人事慣行など何の意味も持ちません」

花島由佳の表情に、いいネタを釣り上げたという驚きと野心が浮かぶ。

「今のお話は、くれぐれもオフレコということでお願いします」

寺田は、花島由佳に、声のトーンを落としながらも、はっきりと伝えた。

そう囁いた寺田に花島由佳が目を合わせた瞬間に、竜崎が低い声を出した。

「別に、構わないだろう。記事にしてもらって結構ですよ」

竜崎の目線の半分は寺田に、そしてもう半分は花島由佳に向けられた。

寺田に向けられた竜崎の目線は意味あり気だった。5年で身を引くという言葉を花島由佳は、額面通りに捉えるだろうか。そんな、はずはない。言葉の含意に、すぐに気づくはずだ。

竜崎の言葉は社長の任期が6年ではないということを示唆しているに過ぎない。つまり、裏を返せば、グローバルな経済環境が必要とすれば竜崎が8年でも10年でも社長の椅子に座り続けるというメッセージとも受け取れる。

「経営はアート」という言葉を、竜崎が説明したように不確実な経済環境に対応できる経営という文脈で読み替えれば、従前の人事慣行を踏襲しないという発言とは一つのストーリーとしてつながっている。

寺田は、今回のインタビュー企画を竜崎のバンカーとしての集大成と位置づけていた。しかし、竜崎と寺田は同床異夢だったのかも知れない。竜崎は、メディアへの発信を通じて続投に向けて布石を打つ絶好のタイミングを模索していたとも考えられる。

竜崎は、さらに言葉を継いだ。

「人事は常に適材適所です。東大を出た、企画を担当した、人事をやったなどという華やかな経歴が経営陣に求められているわけではありません。あえて言えば傘下銀行の頭取も今や、一つの子会社のトップに過ぎない。グループのトップに必要なのは、上の顔色などうかがわず、組織内で群れず、常にAG住永フィナンシャルグループをグローバルに勝ち残れる組織に作り替える指導力のある人物なのです」

銀行の人事は年次で動く。竜崎が長期政権を敷くとなれば、副社長の田所だけでなく、傘下銀行の頭取である宇野も次期トップ候補から外れることになる。するとトップの座は、竜崎の年次から一気に10年若返ると考えるのが普通だ。しかも、従来型のエリートコースがトップへの道とは限らないと竜崎は宣言した。

そう、すると――。

竜崎のこの発言は、花島由佳を通じて社会に発信されることが目的ではない。むしろグループの内部に向けられたメッセージだと考えられた。しかも、それは、ことさら寺田の胸に突き刺さった。

そう言えば最近、経営企画部長の唐沢との間に隙間風が吹いていると感じられることが多々ある。

寺田は一つの可能性に思いが至り、全身に急速に血が巡るような感覚に貫かれた。

寺田は思った。今、自分の顔に、高揚した気分が浮かばなかっただろうか。寺田は、ことさら顔から感情を消すように努めた。

「ありがとうございます。では、今のお話も含めて記事化に取り組ませて頂きます。それから……」

花島由佳は、目線を竜崎に向けてから言葉を継いだ。

「いろいろと取材を進める上で、社長に直接、確認させて頂きたいことも出てくると思いますので、携帯電話の番号を教えて頂いてもよろしいでしょうか」

「確認とおっしゃるのは、今回のインタビュー記事についてでしょうか」

寺田が条件反射で、竜崎と花島由佳の会話に割って入った。竜崎の表情には、無粋な奴だという感情が浮かぶ。

竜崎の携帯の番号を知ることで、竜崎を情報源として活用したいという花島由佳の記者としての野心は理解できる。日本一のメガバンクのトップは記者にとって貴重なニュースソースとなる。しかし、広報を預かる立場から言えば、「質問があれば、いつ何時でも、私が対応します」と言って、花島由佳の要求を断るのがセオリーだった。

リスク管理の観点で言えば、寺田が介在していないところで、記者と社長が直接やり取りすることはなくすべきだ。情報漏れを防ぐ意味に加えて、特に花島由佳のようなタイプの女性記者は、別の意味でもリスク要因になる。竜崎は、かつて銀座《ぎんざ》の女性とトラブルになったことがあり、週刊誌沙汰になる寸前で寺田が握りつぶした。その他にも女性関係の噂が絶えない。

しかし、今こそ、ゲームのやり方を変えるべきだ——。

寺田の胸に湧き上がった高揚感は、かつて感じたことのない感情を生み出した。

竜崎の意向を現実化することだけを考えるのだ。手堅さやプロ意識などすべて捨て去ればいい——。

そう、これが手始めだ。やることは簡単だ。竜崎が花島由佳に電話番号を教えることを見て見ぬふりをする。竜崎の判断に任せるような視線を竜崎に向ければいいだけだった。住永銀行出身の部下である広報部次長の太田幸助《おおたこうすけ》が今日、この場にいないことも好都合だ。

「ええ、もちろんですよ。花島さんに間違った記事を書かれたら、お互いに不幸ですからね」

こう言うと竜崎は、軽い笑みを浮かべた。

応接室を出ると、竜崎が花島由佳をエレベーターまで見送った。

寺田は、花島由佳と並んで歩く竜崎の斜め後ろの位置に付き従った。

「君の身長は、ちょうど私と合っていますね」

エレベーターの目の前で竜崎が砕けた調子で、そう言葉をかけると花島由佳が、竜崎の方を振り向いた。

「それ、どういう意味ですか」

さっとエレベーターの下りのボタンを押した寺田にも、花島由佳のいたずらっぽい笑顔が見えた。ほっそりとした首筋から、くっきりとした鎖骨が、白く浮き上がり、銀色のチェーンのアクセサリーが映えていた。グレーのスーツのタイトスカートから伸びるスラッとした脚も目に入る。

「はっはは、言葉通りですよ」

竜崎が豪胆な笑い声を立てた時、ちょうどエレベーターの到着音が聞こえ、扉が開いた。

「では、記事の方、よろしくお願いします」

竜崎は、こう声を掛けると、エレベーターの中に入った花島由佳に、頭を下げた。寺田は、竜崎の後ろで、さらに深く頭を下げた。

エレベーターが閉まると竜崎の顔から笑みが消える。

「寺田君、君は広報部長になって、3年だね」

「はい、今年の6月で丸3年になります」

寺田は、持ち株会社の広報部長の職責のままAG住永銀行の執行役員となり、CSR（企業の社会的責任）の担当が加わっていた。

「君も、昨年から執行役員になったんだ。これからが銀行員としてもっとも大事な時期になる。私に、もっと堂々と意見してほしい。君は私の目であり耳だ。もっと自信をもって私に遠慮なく言葉をぶつけてほしい」

「はっ……」

寺田は、竜崎の真意を測りかねて、短い言葉しか出てこなかった。そして、竜崎の目線は、寺田の心臓を摑み取るような迫力を帯びた。

「例えば、経営はアートだなどと柄にもないことをマスコミにしゃべると、社内の連中が皮肉笑いを浮かべますよ、と正直に君の感覚でモノを言ってほしい」

寺田は胃の中に巨大な岩石が押し込まれたような重みに支配された。寺田は顔を上げることができず、深々と頭を下げ続けた。そして、小刻みに身体が震えるのを抑えることができなかった。

そして、10年前の竜崎の言葉が、はっきりと蘇った。

第一部

1

「それでや」

赤川武《あかがわたけし》は、言葉の続きを宙に浮かせたままにした。日本酒を口に含んだばかりの盃を胸の前辺りで止める。真向かいに座る寺田俊介《てらだしゅんすけ》から、茶色の陶器の盃の向こうに、赤川の着古したグレーのスーツの胸ポケットのあたりが見えた。ちょうどその下にインクのような小さな濃いシミが付いている。最近の若手記者は、身なりにも気を使い、こざっぱりとスーツを着こなす。見た目だけでは若手の銀行員と区別がつかない。シャツの首のボタンをだらしなく緩めているのは、古株の記者らしいスタイルだ。

身なりに構わないというのは、組織や社会に飼いならされてないという、ベテラン世代の記者たちの暗黙のメッセージ、いや矜持なのかも知れない。寺田俊介は銀行広報として、多くの記者たちと対峙するうちに、そんな風に考えるようになっていた。

赤川は、かなりの腹回りの巨体に白髪だ。朝読《あさよみ》新聞の編集委員で、年齢は、もう50代後半だ。寺田より7~8歳は年上だった。ただ、瘦身で、週1回の水泳を欠かさない寺田と比べると、貫禄のある赤川は一回り以上、年上に感じられた。

赤川の少し細めた目線が、すっと寺田に向けられる。

「資金繰り表ってのは、企業にとっては、命と同じぐらい大切なもんや。駆け出しの記者時代に、寺田さんの先輩たちに、そう教わってきたんやけどな」

「えっ、ええ」

赤川の言葉の意味を測りかねた寺田の返答はあいまいになる。

「違《ちご》うとらんやろ」

赤川は、寺田に確認を促すように、言った。

「もちろん、その通りです」

多くの企業が倒産するのは、資金繰りに行き詰まった時だ。仕入れや従業員の給与の支払いなどの出金、売り上げなどの入金。企業の金の出入りは複雑な動きをする。資金繰りの難しさと恐ろしさは、理屈では分かり難い。その本質は、実際に企業を経営した人間と、資金繰りを預かった銀行員にしか分からないのではないか。鍵を握るのが、資金がショートしかかった時、金が借りられるかどうかだ。生かすも殺すも銀行次第だ。金の出入りがコントロールできなくなり、支払いができなくなった時、企業の息の根が止まる。それが一目で分かるのが資金繰り表なのだ。

「その資金繰り表が、外部に漏れるってのは、どういうことなんやろな。しかも、上場している大企業や」

赤川は兵庫県の出身で、東京生活が長いが、会話は関西弁がベースだった。

ここは赤坂《あかさか》の老舗の蕎麦屋の個室だ。造りは古く、決して高級店ではないが、隣の部屋の気配が伝わらない。この辺りの店選びにも赤川らしい配慮があった。

広報部長には、記者を接待する潤沢な予算が与えられている。ただ、赤川は一方的に奢られることを良しとしない。勘定は必ず、交互に持った。今晩は、赤川が店を選び、勘定を持つ番だった。

赤川は、丁寧に切り分けられた揚げたてのアナゴの天ぷらを口に運ぶと、寺田の顔を覗き込んだ。

寺田は赤川が何の話をしようとしているのか、まったく見当が付かなかった。寺田は、少し考えるふりをしながら赤川の視線を避けるように、目線を下に落とす。

これでも、日本を代表するメガバンクの広報部長として、融資先企業の経営の機微に触れるものから人事、スキャンダルまで、産業界、金融界を駆け巡る情報は、トップレベルの水準で広範に把握している自信があった。寺田は、表に出ていない機密性の高いものから、真偽の定かではない噂レベルのネタまで様々な情報を丁寧に収集して、整理している。

無論、知っていたとしても、新聞社の編集委員の赤川には、言える話と、言えない話がある。赤川のペースに乗せられて、うっかり、まだ表に出せない話を引き出されるわけには、いかない。それが、融資先企業の経営情報となると取り扱いには最大限の注意が必要だ。

赤川と酒を酌み交わすときは、いつも、互いにぎりぎりまでネタのやり取りをする神経戦になる。

しかし、どこかの上場企業の資金繰り表が漏れているという赤川の今日の話は、寺田のデータベースのどこを探してもヒットしなかった。

「何や、本当に知らんのか」

「心当たりがありませんね。どこの企業のお話ですか」

寺田は、はっきりと答えた。

「わしは、まだ、こんな生煮えの話は書く気はない。他社の記者には内緒や」

「ええ。もちろんです」

「寺田さんは、七菱《ななびし》銀行の河村《かわむら》なんかとは違って、ネタを日本産業新聞に横流ししたりはせんからな。そこは信頼しとる」

寺田は赤川の牽制を軽くいなすように、黙ってうなずいた。河村は七菱銀行の広報部次長だ。マスコミの間では日本産業新聞にべったりなことで知られている。

「ただ、お宅の竜崎《りゅうざき》さんには、よう話しておいてもらった方が、ええと思うな」

赤ら顔に埋まっていた赤川の細い目が、一気に見開かれた。赤川が、こんな表情を見せた時、ネタが嘘だったためしがない。赤川の口から漏れた竜崎という名に、寺田の意識は引き寄せられ、胸中に不安の色が差し込んだ。

「アパートローンのサブリースや。あれは、あかんな」

地方銀行の中に、顧客を不動産会社等に斡旋《あっせん》、融資をして賃貸アパートを建設、オーナーにすることで融資を拡大、手数料を増やすビジネスが広がった。税制改正で、無税で相続できる範囲が縮小したことで、富裕な高齢者を中心に、多額の借金で相続税を逃れる需要が生まれた。銀行は、そこに目を付けた。アパートのオーナーから不動産会社や運営会社が部屋を一括して借り上げ、借り手を探す約束をする。オーナーの手間を省いた上で、一定の賃貸料を保証、オーナーはそこで得た収入を借金の返済に充てる仕組みを取り入れた。これをサブリースという。

違法な仕組みではないが、想定したようにアパートの借り手が見つからなければ、賃料は入らず、オーナーは借金の返済に行き詰まる。悪質なケースでは、500万円のサラリーマンの年収を1000万円だと偽装して、1億円の借金をさせてアパートのオーナーにした地銀が問題になった。肝心のアパートの借り手が、ほとんど見つからず想定した賃料収入が得られなくなった結果、借金の返済に行き詰まり自己破産するケースまで出た。銀行は、融資の金利だけでなく、アパートの建築会社から手数料をとって、荒稼ぎをしていた。

「なぎさ銀行の件ですね。あれは、本当にひどいケースでした。ただ、うちの銀行は……」

赤川は、型どおりの説明をしようとした寺田を軽く右手を挙げて制した。

「分かっとる。お宅の銀行が、そんなセコいことしとらんのは、よう知っとるわ」

赤川は、ぐっと日本酒をあおった。

「日銀の金融緩和で、金は世の中にあふれとる。でもな。金を借りてビジネスを広げる景気のええ企業なんてほとんどない。そこで、行き場を失った金が、相続税対策せないかん小金持ちの需要をつかんだアパートローンに向かった。そういうことやろ。アパート建設は全国隅々まで広がって、みな先食いされてしもうた。その上、なぎさ銀行のスキャンダルや。サブリースへの警戒感が広がった。アパートのオーナーになるお客も、そりゃ激減する。アパート市場は一気に冷え込んでしもうた」

赤川は、一気にまくし立てると、再び寺田の目を覗き込む。そして言葉を継いだ。

「そしたら当然、不動産ビジネスは苦しくなる。みんなが、みんなとは言わん。中には、経営が厳しくなる会社も出てくるわな」

不動産ビジネス、そして竜崎……。寺田の中で、赤川の話が一つの像を結び、ストーリーが浮かんだ。そして、そのストーリーは、寺田の内臓を下からざらりと撫でるような嫌な感触を伝え始めていた。

「お宅のメイン先にも、そういう会社があるやろ」

沖永《おきなが》産業――。ＡＧ銀行はバブル期の不動産価格の急上昇に合わせて、数千億円まで融資残高を膨らませた。しかし、バブルの崩壊は、不動産価格の下落を生み、収益と資産内容を悪化させた。ＡＧ銀行は沖永産業のメインバンク（主力銀行）として結局、３０００億円もの債権放棄、つまり借金の棒引きに追い込まれた。

その後、ＡＧ銀行が経営陣を送り込み、堅実な経営に舵を切った。その結果、沖永産業は、徐々に業績を回復させた。しかし、歴史は繰り返された。アパートローンというビジネスチャンスに魅入られ、吸い込まれてしまったのだ。

融資担当者として沖永産業の再生に関与したのが竜崎だった。行内では、沖永産業が「竜崎案件」と呼ばれている。そして、そう呼ばれるには、呼ばれるだけの理由があった。

今、沖永産業の再建に向けて、水面下で複数のシナリオが練り上げられていた。

いったい、赤川は、それをどこまで知っているのか。そういえば赤川は、記者として不動産業界を担当した経験もあったはずだ。赤川のことだ、不動産業界にも太い人脈を築いていると考えた方がいいだろう。

しかし、資金繰り表が漏れているというのは、いったい――。

寺田は、深くうなずくと赤川に、向き直った。

「ご覧になったんですか。資金繰り表」

「最悪のシナリオだと秋には危ないな。春のうちには決着つけんとあかんやろう。膿はしっかり出し切らんといかん。早めに策を練らんとな」

赤川は、こともなげに、こう言った後で、赤みがかった目を寺田に向けた。

赤川は、沖永産業の資金繰り表を入手しているだけでなく、水面下で抜本的なリストラの動きが出ていることを把握している。

「しかし、いったい、どこから漏れたんでしょうか」

記者の情報源を探るのはご法度だ。しかし、寺田は、あえて率直な問いをぶつけて赤川の顔色を見た。

「だいたい変なネタが漏れる時は、もめごとがある時や。寺田さんも、よう知っとるやろ」

「なるほど。そうですか」

寺田がそう答えると、赤川は、さらに目を細め、寺田の表情を探ってきた。

寺田の中で、いくつかのパーツが結びついた。そのあたりも補助線に入れて考えれば、仮説を組み立てることができた。状況は、おそらく悪い方向に転がっている。

「だから、言うとるやろ。竜崎さんと、よう相談した方が、ええで」

赤川の言葉が、寺田の胃の裏側あたりに再び不快な感触を与えた。

赤川は、右手で徳利を持ち上げると、まるで寺田を慰労するかのように残りの酒をすべて寺田の盃に注ぎ切った。寺田はその盃をあおりながら、これから、やるべき仕事の手順を考え始めていた。

2

AG住永《すみなが》フィナンシャルグループの広報部は、丸《まる》の内《うち》の高層ビルの17階の一角に広いスペースが確保されていた。窓際の一角が、個室に仕切られ、広報部長室になっている。部内の簡単なミーティングや記者たちとの面談ができるように、執務机だけでなく、大ぶりの机とチェアが8脚、さらに革張りのソファーセットもある。サイドボードには、真っ黒い装丁の銀行の50年史が10冊以上も並んでいた。

広報部の朝のミーティングでは、各紙の記事、テレビ、ネット上のニュースまで、政治、経済、金融をめぐるニュースが詳細にチェックされる。

この日のニュースの軸は、「中東の紛争」だったが、アメリカの民主党の有力議員の中で、金融規制強化を求める動きが盛り上がっていることが寺田は気になった。仮に規制強化が実現した場合、AG住永のアメリカ現地法人の運営や収益にどのような影響が出るのか、メディアから質問が出た場合に備えて、国際企画部と調整しておくよう寺田は次長の太田幸助《おおたこうすけ》に指示した。

8時から始まった朝のミーティングは、いつもより短く、15分程度で終わった。

その後、取材依頼の調整など広報部内のミーティングをこなした。さらにCSR関係の決裁書類を何件かチェックし、いくつかの質問をして修正を依頼、問題のない書類にハンコを押し終わると、寺田は腕時計を見た。9時半を少し回っていた。ちょうど蓑田慎吾《みのだしんご》との約束の時間だ。

寺田は、いつも開けたままにしてある部長室の扉を閉めた。誰も入ってくるな、そして入れるな――。寺田から部員たちへのサインだ。

寺田は、スマートフォンから蓑田の番号をコールした。スマホを耳に付けたまま、執務机に向いた椅子を身体ごと、半分ほど回転させて、窓の外に目線を向ける。寺田はブラインドのリモコンの「開く」のボタンを押した。カシャと音を立てて、閉じていたブラインドの隙間が広がる。よく磨かれた窓の向こうから春の日差しが舞い込み、青い空の下に、いつものように新幹線が乗り入れる東京駅のホームの様子が見えた。

「あっ、ちょっとすいません。場所を移動します」

スマホの送話口を手で覆ったのだろう。蓑田の声がくぐもった。

蓑田は、営業第二部次長だ。蓑田が、新入行員として丸の内支店に入行した時、寺田は直属の課長代理だった。

持ち株会社の広報部と傘下のAG住永銀行の営業第二部は、同じビルの中にある。しかし、広報部長と営業第二部次長が直接、行内で顔を合わせるのは、憚られた。それは、営業第二部の案件が、大きなマスコミネタになりそうだと行内の様々な人間に知らせることに等しい。組織内の情報管理が、まずは肝だ。行内で知る人間が増えれば増えるほど、情報が漏れ、想定外の形でマスコミに流れるリスクが高まる。

寺田は広報部内の日々の言動にも細心の注意を払い、余計な情報や憶測が広がらないよう警戒していた。

「すいません。もう、大丈夫です。で、折り入ってお話というのは……」

「沖永産業の件だ」

寺田は単刀直入に切り出した。営業第二部は建設・不動産業界が所管で、沖永産業も担当している。

「さっそくマスコミが嗅ぎ付けてきましたか」

「まあ、そんなところだ」

「不動産市場がこれだけ冷え込んでいますからね。4月末には、3月期決算の大幅な下方修正が避けられません。保有不動産の減損もあるんで、ちょっと洒落にならない規模の赤字になります。資産内容にもダメージが出ます。マスコミは、ますます大騒ぎでしょう」

蓑田の野太い声は、若い頃のままだ。深刻な話をしていても、どこか調子が明るいのも変わらない。

赤字になれば、ビジネス用に保有していた不動産は、損失計上を迫られる。サブリースは顧客がオーナーなので保有物件の下落の損失は沖永の経営には関係がない。しかし沖永の場合、自社でかなりの物件を抱え持っているのだ。

赤字が続くと、税金の支払いを前提に資本に組み入れられていた資産も取り崩す必要が出て、資産内容も連鎖的に悪化してしまう。

すでに3月下旬に入っていた。決算の下方修正まで、残された時間は、そう多くはない。

「で、再建策の作成は進んでいるのか。まさか、倒産する危険はないよな」

「ええ、人員整理と事業の縮小を考えています。アパートローンビジネスの膿を出して、事業売却の絵が描ければ、再建の可能性は十分にあります」

「沖永の尾山《おやま》社長とうちの大川《おおかわ》専務で、基本線の調整をしたという話は聞いたが」

沖永の尾山社長も元はＡＧ銀行の専務だ。尾山と大川は、元は営業ラインの上司と部下の関係で、ともに社長の竜崎の子飼いだ。2人で調整すれば、話はあっという間に片付くはずだ。

「さすが、話が早い。地獄耳ですね」

電話越しにも、蓑田が白い歯を見せながら、屈託のない笑顔を浮かべているのが見て取れる。蓑田は、一橋《ひとつばし》大学のラグビー部のレギュラーだった。タフな肉体と安定したメンタルで、同期トップで主要部の次長ポストを摑んだ。

寺田は黙って、蓑田に話の先を促した。

「沖永は、アパートローンを安易に伸ばし過ぎたのが、まずかったのは確かです。ただ、過去に高級マンションの販売で積み上げた資産があります。マンションの管理や大規模修繕は、しっかりした収益源なんです。本業は、安定しています」

「膨張したアパートローンだけ切り離せば沖永は、再建できるってわけだな」

「理屈上は、そうなんですが……」

「理屈上？」

「実は、いろいろと難題がありまして……」

「もしかして……」

「そうなんです。矢代《やしろ》会長が、妙な動きをされてて……」

矢代幸作《こうさく》――。やはり悪い予感が当たった。寺田の口から、不快な色が混じったため息が漏れた。蓑田が相手なのでつい気が緩んだのだろう。電話越しに、その気配が蓑田に伝わることへの配慮すら失せていた。

矢代幸作はＡＧ銀行の元副頭取だ。営業や企画が長く、最後まで頭取の有力候補だった。しかし、ダークホースとされた荒谷康太《あらたにこうた》が頭取の座をつかんだ。

荒谷の次の頭取が長谷山文彦《はせやまふみひこ》、その次にトップの座に就いたのが、今の社長の竜崎太一郎《たいちろう》だ。ＡＧ銀行では、１つ前のトップが後継者指名に大きな影響力を持つのが人事の伝統だ。つまり、竜崎をトップに引き上げたのは荒谷なのだ。

荒谷と矢代は、AG銀行トップの座をめぐって、つばぜり合いを繰り広げてきた。エリート意識の強い矢代は、「荒谷に出し抜かれた」と憤り、荒谷への不満と怨嗟を抱えたまま、沖永産業に社長として放出されたのだ。

矢代は、債権放棄を受けて経営危機に陥った沖永産業を厳しいリストラを断行することで再建に導いた。

サイコロの目は最後まで、どう変わるか分からない。

AG銀行の会長に就任していた荒谷と長谷山という2人の直近の頭取経験者が相次いで亡くなってしまったのだ。このことがOBのパワーバランスを大きく変化させた。副頭取経験者の中で、沖永の再建で実績を残した矢代の発言権が増し始めたのだ。

荒谷と激しくやり合った矢代は、荒谷が頭取に引き上げた竜崎とも関係が悪い。若手のころから傲慢なスタイルの竜崎は、そもそもエリート意識の強い矢代とは、そりが合わなかった。今や絶対的な権力を掌握しつつある竜崎だったが、矢代との関係は時に緊張感を帯びたものとなった。

そこで、竜崎は矢代を牽制する意味もあって、沖永産業の社長に、子飼いの専務、尾山信彦《のぶひこ》を投入し、矢代は会長になった。

副頭取ポストだった沖永産業の社長に、専務の尾山を起用したこと自体が、矢代のプライドを傷つけた。さらに、竜崎は馬力のある尾山に沖永産業の業容を拡大させ、矢代の発言権を削ごうと考えていたのだ。そこで尾山が新たな収益源として手を出したのがアパートローンのサブリースだったのだ。

サブリース事業での損失を材料に矢代は、尾山の経営責任を厳しく追及した。尾山との激しい主導権争いの中で矢代は、沖永産業の経営の実権を再び掌握しつつあった。それと同時に、AG住永フィナンシャルグループのOBとしての力を、さらに蓄えつつあったのだ。

「で、矢代さんは、何を企んでいるんだ」

「実は、あずさFGの竹川《たけかわ》社長に接近しているらしいんです」

「どういうことだ……」

朝読新聞の赤川武は若いころから、あずさフィナンシャルグループ（FG）と近いことで知られていた。特に、社長の竹川正幸《まさゆき》とは、昵懇だと言われている。あずさの竹川と矢代が結びついたことで、赤川が資金繰り表を握った背景とつながっている可能性が出てきたと寺田は感じた。

「2人とも、元々は経営企画部でMOF《モフ》（大蔵省）担だったでしょう。そのつながりみたいですよ。組織の枠を超えて、親しかったようです」

「インターバンクのつながりか。2人とも東大法学部卒だしな」

「ゼミの先輩後輩でもあるらしいです。矢代さんが11期上だそうです」

蓑田にとっても矢代―竹川の関係は、関心事だ。2人の関係を詳細に洗い出していた。

「しかも、あずさ銀行は、うちの半分以上の融資を抱える沖永の準メインバンクだ。沖永の再建策をめぐっては、一定の発言力がある。矢代さんは、あずさと気脈を通じて、何を画策しているんだ」

「今のところは、うちの銀行と沖永の尾山社長のラインで作成したリストラ策の細部をつついて、難色を示しているだけです。あずさの側は、何もアクションは起こしていません。ただ、矢代さんのことです、何かカードを持っているんだと思います」

スマホを持つ寺田の左手に、嫌な汗がにじんだ。

「実は、沖永の資金繰り表が外部に漏れてるんだ」

「えっ。どういうことですか。マスコミにですか？」

「そうだ。やり手の編集委員に摑まれた。『最悪の場合、秋には資金繰りが危ない、春のうちに決着を付けないと駄目だろう』と言ってたぞ。本当か」

蓑田は、沈黙を続けることで、赤川が見た資料が本物である可能性が高いことを伝えてきた。

「じゃあ、間もなく記事になるんですかね……」

「いや。そんじょそこらの記者じゃない。信用不安を起こすような記事を安易に書いたりはしない」

沖永の資金繰りが厳しいことが知れれば、取引先は一気に引く。記事がトリガーになって、沖永は経営破綻に追い込まれる。秋どころではなく今すぐに倒れてしまう。血気盛んな若手記者ならともかく、ベテランで誰よりも周到な赤川が企業を死に追いやるようなネタを簡単に記事にするはずがない。

では、誰が何の狙いで、沖永産業の資金繰り表を赤川に見せたのか。記事にならないネタを流す意味が、どこにあるというのか——。

昨日から寺田を捉えたままの問いが、再び脳内を駆け巡り、出口を見つけ出せないいま、嫌な予感だけが深まっていった。

「それなら、不幸中の幸いですが……。しかし、沖永の資金繰り表がマスコミに漏れるなんてありえないですよ。いったい誰が……」

蓑田の声音も強くなった。

「資金繰り表が漏れたことと矢代さんの動きはきっと関わっている。それと矢代さんと竹川社長のラインも、何かが起こる前兆だ。徹底的にマークしておく必要がある」

変なネタが漏れる時は、もめごとがある時や——。赤川の言葉は、矢代の関与を示唆していた。

「そうですね」

蓑田が、きっぱりと答えた。

「それと、この件で、竜崎社長の指示は下りているのか」

寺田は、胸に軽い緊張感を走らせながら、蓑田に聞いた。

「いいえ。少なくとも私は聞いていません。おそらく、大川専務にも何も」

蓑田は、そう答えると、すぐに言葉を継いだ。

「寺田さんから、社長に、この情報を伝えたんですか」

「いや、こんなあいまいな情報の段階で社長には、上げられない。君も情報管理には十分に気を付けてほしい」

寺田の脳裏に、竜崎が全身から発する獰猛な風圧と冷え切った目が、思い浮かんだ。

「この件で、何か動きがあったら、どんな小さなことでもいい。逐一、僕に知らせてほしい」

「分かりました。でも……」

「でも？」

寺田は、蓑田の言葉を問い返した。

「うまく言えませんけど、寺田さん最近、変わりましたね。やっぱり役員になると違う世界の人になっちゃうんですかね」

蓑田は、深刻な空気を追い払うように軽口を叩いた。

「気苦労が増えただけだ」

確かに、そうだ。今日の寺田の言動は、かつての寺田の仕事のやり方と違っていた。広報部長としての本来の職責を考えるなら、マスコミに言えることと言えないことを、きちんと峻別すればいいだけだ。余計なことを知る必要もなければ、関心すら持つ必要もない。むしろ、知ろうとしてはいけないのだ。

蓑田は、そのことを言おうとしているのだろうか。いや、もっと違う何かかも知れない。

寺田は、ふと窓の外に目を向けた。蓑田と丸の内支店にいた30代前半の寺田には、都心の日差しはもっと強く降り注ぎ、空の色は、もっとくっきりと青かった。

丸の内支店での融資担当の仕事は信じられないほど厳しかった。よく失敗もした。上司にも怒鳴られた。でも職場でも新橋《しんばし》のガード下でも、よくしゃべり、よく笑った。蓑田とも青臭い議論をした。金融の未来や銀行の将来を憂いたり、夢見たりしていた。

あのころ、いったい何に熱くなり、何が、そんなに可笑《おか》しかったのだろう。寺田は、それを思い出すことができなかった。

3

寺田が世田谷区にあるマンションに帰宅したのは、午後11時を回ったころだ。ネクタイを外して、ワイシャツのボタンを緩め、時計を外す。寺田は、ガラスのテーブルの上のリモコンを手に取り、経済ニュースにテレビチャンネルを合わせて、ソファーに座り込んだ。

「お茶でも入れようか」

妻の彩音《あやね》が、キッチンから声をかけてきた。都心の一等地にあるグレードの高いマンションに住めたのは、彩音の実家の支援が大きい。彩音の父親は、都心に多くの不動産を持つ資産家だった。

「ありがとう。いいよ」

寺田は自分で冷蔵庫からペットボトルを取り出すと、キャップを開けて、冷えた水を口に流し込んだ。

寺田は毎晩、マスコミ関係者との会食が入っていた。自宅で夕食を食べることは休日以外にはない。その休日も、かなりの部分はマスコミ関係者とのゴルフで占められていた。テレビでは、イギリス人のエコノミストが、流暢な日本語で、中東情勢が欧米の株式、債券市場に与える影響を分析していた。

彼の肩書は、AG住永ヨークランド証券、チーフエコノミストだ。

彼にはメディアでの発言の自由が与えられていた。グループの評判を傷つけるような言動やインサイダー取引に抵触するような問題がない限り、広報部はノータッチだ。

寺田は、あまり職業意識を働かせることなく彼の分析に半分、耳を傾けた。アメリカの国内政治や中東紛争とマーケットの変動を巧みに結び付けていた。しかし寺田の意識の半分はスマートフォンに向けられ、メールやSNSを通じてもたらされる様々な情報に目を通していた。

だが、じきに寺田の頭の中はエコノミストの話からもスマホからも離れ、沖永産業の件を社長の竜崎にどの段階で、いつ報告するのか、という問いに覆われていった。資金繰り表が漏れているのはファクトだ。報告は、なるべく早い方がいい。ただ、正確な背景分析のないまま、あいまいな情報を竜崎の耳に入れるわけにもいかない。

寺田の脳裏に、竜崎の口が不機嫌にゆがむ様子が浮かぶ。

「竜崎さんには、よう話しておいてもらった方が、ええと思うな――」朝読新聞の赤川武の言葉の含意も気になった。

「あなた、聞いてるの？」

いつの間にかソファーの隣に座っていた彩音の声が飛び込んでくる。

「ああ」

「もう、だから、文香《ふみか》の海外研修の件」

文香は寺田の一人娘だ。都内のまずまずのレベルの私立大学の1年生で経営学を学んでいる。

「オーストラリアへの短期留学の件だろう。いいんじゃないか」

「もう、呆れた。オーストラリアはやめて、フィリピンにボランティアを兼ねた研修に行くって、前から説明してたでしょう。出発は3日後よ。きっと、商社のマニラ支店長のお友達の件も、すっかり忘れてるのね」

そうだった。春休みに、マニラに貧しい子供たちの食糧支援をするボランティアに行くと文香は言っていた。実績のある団体の企画した研修だから、リスクはないと説明していたので送り出すことにした。

大学時代の友人の秋谷《あきたに》が、大手商社のマニラ支店長をしている。せっかくマニラに行くなら、商社の国際業務について話が聞けるように、寺田が秋谷に連絡をしておくことになっていた。ただ、携帯の番号が変わったのか、電話番号を使ったショートメールでは連絡が付かなかった。

「文香は？」

「だから、水曜日は、イタリアンレストランでバイトでしょ」

そうだった。文香は、水曜日は決まって三軒茶屋の老舗のイタリアンレストランでウエイトレスのアルバイトをしている。元々、寺田が気に入って普段使いにしている店で、同年代のオーナーシェフとも気軽に話ができる関係だった。時折、家族3人で食事に行くうちに、大学生になった文香がアルバイトをするようになっていた。

「もう、じゃあ、商社の友達の方を訪問するのは無理ね。文香、楽しみにしていたのに」

「ああ、すまん。うまく連絡が付かなかった」

何人かの友人に連絡先を聞けば、秋谷のメールアドレスを割り出すことは可能なはずだったが、すっかり頭から抜け落ちていた。

そのことを説明するのが億劫になり、適当な言葉が口をついて出ていた。

「今回は食糧支援のボランティアに専念するように言っとくわ」

経営学を学んでいる文香は将来、グローバルにビジネスを展開する商社で働くことを目指していた。娘の成長につながるだろうと安易に、秋谷のことを口に出したことが、かえって失望させることになってしまった。

「すまんな」

「じゃあ、私から文香にＬＩＮＥで連絡しておくから。あなたも忙しいんだろうから、私からフォローしておくよ」

寺田と文香は、とても仲の良い親子だった。音大のピアノ科出身の彩音は、土曜日にピアノ教室で子供たちを指導していた。その間に、2人で遊びに行ったり、買い物に行ったりしていた。文香が高校生になっても、2人で湘南《しょうなん》あたりまでドライブに出かけたりした。

同年代の男同士で話すと、娘が中高生になって避けられるようになったという話をよく聞く。娘を持つ知人にこの話をすると大概、羨ましがられるか、不思議がられるか、のどちらかだった。

親子でも気が合ったり、合わなかったりするものなのだろう。

一人娘と気が合った寺田は、幸運なめぐり合わせだったのだ。文香とは、いろんな話をした。寺田が、いつも話の聞き役だった。文香は寺田に、憧れの先輩の話も、友達とのいざこざも、将来の夢の話も身振り手振りを交えて話した。

しかし、いつからだろう。寺田から、少し文香が遠くなった。文香自身は、何も変わっていないように思えた。寺田にも変わらず接しようとしていた。文香は少し、大人になり、女性らしくなった。その分、秘密が増えた。その程度のことなのかも知れない。

しかし、文香の輪郭は少しずつ、ぼやけていた。文香は、彩音に似て愛らしい容姿をしていた。人の気持ちをそらさない、優しさと魅力もある。きっと異性にはもてるだろう。交際している男はいるのだろうか——。

いつしか、そんな気配も分からなくなった。彩音は、文香の異性関係を知っているのだろうか。それすらも、寺田の勘が働かない。それを彩音に聞くべきかどうかも分からなくなっていた。

しかし、寺田の思考は、スマホが鳴動したことで、中断した。一通のメールが届いていた。

「ニュース・インサイト」の花島由佳《はなしまゆか》だった。

「先日の竜崎社長のインタビュー企画の件では大変にお世話になりました。ページビューも多く、反響がありました」

最初は型通りの文言が記されていた。

「別件で取材したいことがありますのでお時間頂けますでしょうか。2〜3日中ですとありがたいです。案件は金融庁関係です」

金融庁——。

おそらく、いやきっと愉快な話ではない。

監督官庁の金融庁絡みとなると、経営をめぐる重大な案件である可能性がある。

竜崎の試すような目線と不機嫌にゆがんだ口の端が、再び寺田の脳裏に蘇ってきた。

4

「続いて、四半期決算についてご説明致します。ページをおめくり下さい」

AG住永フィナンシャルグループ経営企画部長の唐沢伸二《からさわしんじ》の声が、食堂内に淡々と響く。老いた男たちが発する息苦しい空気が、室内に重くのしかかっていた。老眼鏡を持ち上げ、資料をくまなくチェックする者、現役役員の所作を試すように見つめる者、腕を組んだまま、眠たげに半分目を細めている者、その姿勢は思い思いだ。男たちの数は50人を超えていた。

唐沢は、見た目は小太りのさえない中年男だ。ただ、緻密な分析力と隙の無い言動で、若いころから頭角を現し、寺田たちの同期入行の出世頭だった。将来の頭取、社長候補である唐沢は自信に満ちた振る舞いで、行内では常に光が当たっていた。東大法学部卒の唐沢は、有力官庁への内定を蹴って、AG銀行に入行した強者だった。

しかし、今日ばかりは、唐沢は、まるで若手行員のように、ひたすら低姿勢に徹し、存在感を、かき消していた。

ただ、謙虚な姿勢を示しながらも、シャープな切れ味と手堅さをOBたちに示す手腕は、若手のころから帝王学を身に付けた唐沢ならではのものだった。食堂には唐沢の声と、コーヒーカップが受け皿に触れる微かな音と書類をめくる音が、時折響くだけだった。

OBたちの様々な要望やクレームの窓口は唐沢だ。取り扱いを誤れば、出世街道から転落しかねない。

寺田は、何気なく、水の入ったグラスに手を伸ばした。グラスにはうっすらと水滴がつき、水は生ぬるくなっていた。唐沢の説明は、そろそろ20分を超えようとしていた。

ＡＧ住永フィナンシャルグループ本社ビルの23階の役員食堂は、昨年、リニューアルしたばかりだった。濃いこげ茶色の木製の壁で、緑の観葉植物が随所に置かれている。テーブルには、皺ひとつない真っ白なクロスがかけられ、座り心地の良い椅子が並んでいる。大きく開かれた窓からは、都内のビル群が一望できた。

旧ＡＧ銀行役員招待昼食会。男たちは、みな旧ＡＧ銀行の常務以上の役職を経験した者たちだ。平均年齢は70歳を超えているだろう。旧住永銀行出身者はいない。年に2回開かれる恒例の昼食会だ。現役のＡＧ住永銀行の執行役員以上は、全員が出席を義務付けられ、どんなに多忙でも欠席する役員はいない。

説明資料を作成するのは持ち株会社の経営企画部長の唐沢の仕事だ。昨年より、書類の量が2〜3割増えている。文字のフォントサイズも読み易いように少し大きく変更され、図解が増えているのは、いかにも唐沢らしい配慮だ。

最近のＡＧ住永銀行の経営は――。

ＯＢたちが、周囲に話せるよう、資料は詳細で分かりやすいものでなければならない。ＯＢたちのパワーの源泉はＡＧ住永銀行にある。ＡＧ住永銀行の経営を把握し、関与できると思わせることが、ＯＢたちが社会で重量感を発揮できる根拠なのだ。ＯＢたちは、ただ銀行の仕事を懐かしがっているわけではない。

気に入らないことがあれば、平然と経営の意思決定や人事に介入してくる。

社長の竜崎太一郎は、中心の席に陣取り、右隣が唐沢で、そしてその隣が寺田の席だった。

さすがの竜崎も、いつもより前かがみになり、視線を落としている。OBたちの前で、謙虚に見える振る舞いを心掛けていた。

上座ともいえる窓側の席に陣取るのは、存命のただ一人の頭取経験者で相談役の栗山勇《くりやまゆう》五郎《ごろう》だ。すでに80歳を超えているが、いまだに週3日は、銀行に顔を出していた。時折、ベテラン記者が、栗山を訪ねてくる。最近は、個別に記者と会ったことで情報漏れが疑われることを嫌い、記者との会食や面談に広報部員を同席させるよう求めてくるケースが増えている。ただ栗山は広報部員の同席を求めたことはなく、寺田も同席したことがなかった。もちろん、仮にどんな情報が漏れても栗山にクレームを付けられる行員などいるはずもない。

元副頭取で、沖永産業会長の矢代幸作の姿もある。寺田は、矢代の様子を観察した。長身で、無駄な贅肉が削ぎ落とされた身体、高い鼻、銀縁メガネの奥の鋭い眼光は、鷹を思わせた。顔の色つやもいい。とても70歳代半ばとは思えない気力が漲《みなぎ》っていた。

唐沢の説明が終わると、OBたちから2～3質問が出た。決算の数字に関するものには唐沢が、事業戦略に関するものには、竜崎が自ら答えた。

そろそろ昼食が始まる時間だ。ワゴンには、スープが用意され、ウェイターたちが、サーブするタイミングを待っていた。

「よろしいですか」

矢代が口を開いた。

「寺田君といったかな。広報部長にうかがいたい」

「はい」

まさか、自分に質問が飛んでくるとは思っていなかった寺田は身構えた。

「ニュース・インサイトというウェブメディアは、まともな報道機関なのかね。私は聞いたこともないが。ＡＧ住永のトップがインタビューを受けるだけの格式と信頼のあるメディアなのだろうか」

矢代の低く、張りのある声が食堂に響いた。

「はい。無料登録会員数が５００万人、有料会員が10万人に達しており、インターネット専用の経済メディアとしては、最大手で、収益も黒字化していると聞いております。知的レベルの高い20代、30代のビジネスマン、学生の閲読率が高く、若い世代にリーチするには効果の高いメディアだと考えております。自社の記者も30人に達し、大手新聞社からの転職組も多数います。旧来の名門新聞社は読者離れが進んでおり、わがグループが若い世代にアピールするためには、適切なメディアであると考えております」

「なるほど。では、先日の竜崎君の社長インタビューは、作り物ではないんだな。僕は、てっきりフェイクニュースかと思っていたよ」

矢代の口調に皮肉なトーンが混じった。ＯＢたちの目線が寺田に集まった。

「はい。花島由佳という東京ポストから転職した記者からのインタビューを竜崎社長に受けて頂きました」

寺田は矢代の発言の意図が分からないまま、淡々と答えるしかなかった。

「では、5年で社長を辞めるかも知れないという話も、竜崎君が、本当に記者に話したというわけだな」

矢代が、そう言うとその場の空気を切り裂くような緊張感が、さっと広がった。人事は、ＯＢたちの最大の関心事だ。それがトップ人事となれば、なおさらだ。

さて、どう答えるべきか――。竜崎の意図を寺田が推し量って、話すわけにもいかない。寺田は竜崎に目線を送った。竜崎は軽く目をつぶって、腕を組んだままだ。

「はい。ただ、社長がそのようにお答えになったのは、花島記者から……」

「矢代会長、本日は貴重なご指摘ありがとうございます」

花島由佳の質問内容と意図を説明して、その場を収めようとした寺田の言葉を制して、竜崎が話し出した。

「矢代会長もご存じの通り、わがＡＧ住永フィナンシャルグループも外国人投資家の持ち株比率が高くなってまいりました。中には、経営の在り方を厳しく問いかける機関投資家もいます。しかも、グループの展開も加速しており、海外子会社は欧米だけでなくアジアにも増えてまいりました。トップの任期につきましても、年数が固定化しているような印象を与えるのは、株主に対しても、海外子会社も含めたグループ全体のマネジメントの面でも、好ましくないと考えました」

竜崎は、声のトーンを落として、丁寧に説明した。

「なるほど、僕はてっきり竜崎君が、5年で辞めるつもりなのかと思ったよ。メディアへの発言内容は気を付けなさい。言葉が一人歩きするからね」

やはり、矢代は、竜崎が6年の任期を超えて8年、10年と社長を続投するつもりではないかと考え、牽制してきたのだ。わざわざ、OBが顔をそろえる場で、問題の所在を明らかにすることで、竜崎に圧力をかけてきたのだと寺田は受け止めた。

「はい、ご指摘ありがとうございます。至らない点は、改善してまいりたいと考えております。最近は金融庁もコーポレートガバナンスの件で、何かとうるさくなっております。グループ内の年功序列で、人事が決まっている印象を与えるのは、大変に不都合です。トップ人事は、社外取締役からなる指名委員会が決定することになっておりますので、矢代会長を始め、諸先輩方にも、ご理解を頂戴した上で、よりいっそうのご指導を、お願いいたしたいと考えております」

竜崎は恐縮した表情を崩さず、事務的な調子で話した。

矢代のゴルフ焼けした頬に、さっと赤みが差し、不快な感情が滲む。

外資系コンサルタントから慶早大《けいそう》の教授に転じ、論客として活躍していた富永平太《とみながへいた》が、民間人閣僚として金融担当相に起用されてから、コーポレートガバナンス（企業統治）をめぐる議論が活発になっていた。

富永は、硬直的な年功序列組織が日本企業の経営からダイナミズムを奪い、成長やイノベーションの誕生を阻害しているという問題意識を持っていた。富永は、順送りのトップ人事やOB支配を標的にしており、社外役員が主導する次期トップの選定だけでなく、OBが相談役や顧問として経営に関与することの問題点を繰り返し、指摘していた。

相談役制度や人事への介入は、OBたちが握り続けている権力の心臓部だった。今度は、富永の動きをバックに竜崎が矢代を牽制したのだ。

「分かった。今日は、もういいだろう。飯が冷めちまうぞ」

しわがれた野太い声が響いた。元頭取で相談役の栗山勇五郎だ。栗山の一声で、摩擦が生み出す熱を帯びた食堂内の空気が、さっと緩む。そして不穏な空気が封じ込められた。栗山は、頭髪は真っ白で、すでに背中も曲がった老人だ。しかし、この場の頂点に立つ者だけが持つ威厳があった。

栗山の一言を潮に、5人のウェイターが、きびきびとスープ皿をセット、慣れた手つきで順番にオニオンスープを注いでいった。

寺田は、溜め込んでいた息をゆっくりと吐きだした。寺田はほっとするのと同時に、机の下で、スマホの画面を確認した。

頻繁に情報をチェックするのは広報部長としての習い性だ。

通信アプリのＬＩＮＥに新しいメッセージが着信していた。営業第二部次長の蓑田慎吾からだった。

「沖永産業の件、矢代さんの狙いが判明しました。七星《ななほし》不動産との合併です」

寺田の胸に、驚きと緊張が走った。

寺田が、「Thank you」とスタンプを押すと、すぐに蓑田から次のメッセージが来た。

「矢代さんは、合併会社で代表権のある副会長のポストが約束されているようです」

七星不動産は、丸の内や大手町《おおてまち》に多くの不動産を保有する日本を代表する名門不動産会社だ。高級マンションの開発、供給にも力を入れていた。沖永産業と合併すれば、統合効果が期待できそうだ。

七星不動産のメインバンクは、あずさ銀行だ。あずさフィナンシャルグループ社長の竹川正幸と矢代が接近していた話と、七星不動産の件は、しっかりと結びついた。

ＡＧ銀行と住永銀行が合併したことで、七星不動産向けの融資残高が拡大、あずさ銀行に次ぐ水準まで膨らんでいた。

つまり、ＡＧ住永銀行にとっても七星不動産は、有力な融資先企業になっていたのだ。

そして七星不動産にとっても、AG住永銀行は、メインバンクに準じる重要な取引銀行なのだ。

さて、どうするべきか。寺田は思案をめぐらせた。

食事の時間が終わりに近づいてきた。寺田は、社長秘書の戸田直人《とだなおと》が後ろの壁側の椅子に座って控えているのを見つけると、戸田を軽く手招きした。できるだけ早く、社長の竜崎の耳にこの話を入れておく必要がある。

「竜崎社長のこの後のご予定は」

「はい、矢代会長のアポイントが入っています」

「矢代会長……」

寺田の眉間に皺が寄る。矢代の牽制は、2人の話し合いの前哨戦だったということか。いったい矢代会長は何を仕掛けてくるつもりなのか――。いずれにしても、もはや一刻の猶予もない。

2人の面談の時間まで、あと10分だった。

「皆様、本日はご多忙な中、ありがとうございました。これからも諸先輩方のご指導をあおぎながら、しっかりとAG住永フィナンシャルグループのかじ取りをしていきたいと考えております」

竜崎は堂々とした体軀から、よく通る声を出し、締めくくりの挨拶を終えた。しばらく拍手が続いた後、ＯＢたちは、徐々に席を立ち始めた。

寺田は、竜崎の後ろに回ると、小声でささやいた。

「今すぐ、３分ほど、お時間を頂戴できますでしょうか」

「１分だ」

竜崎が答えた。何事かといぶかる目線が経営企画部長の唐沢から寺田に向けられている。寺田は唐沢の視線に気づかないふりを通した。

「はい」

寺田は、黙って歩き出す竜崎の後に従った。

ＯＢたちの見送りに向かって歩く竜崎の左後ろに陣取った寺田は、絞った声で、竜崎に話しかけた。

「矢代会長は、沖永産業と七星不動産の合併を画策しています。代表権のある副会長のポストを約束されているようです」

竜崎からは返事はないが、軽くふり向いて寺田を見る目が初耳であることを感じさせた。

「矢代会長は、あずさの竹川社長に接近しています」

竜崎は、まるで関心のない表情に変わった。

「それから、沖永の資金繰り表が、一部のマスコミに漏れています」

竜崎の眉が、軽く歪んだ。その時、ちょうどエレベーターホールに着いた。

竜崎は、慇懃《いんぎん》な笑みを浮かべると、一人一人のOBに丁寧に声をかけ、扉が開いたエレベーターへと順番に送り込んだ。

OBたちを全員、送り出すと、竜崎が寺田だけに聞こえるように言った。

「さっきの3つは、どう関連している」

「矢代会長が、何らかの絵を……」

「分析と情報が足りん」

「はっ」

「資金繰り表の件は、いつ知った」

「2日前です」

「報告が遅い」

「はっ」

「この件の解決に向けて、君なりの貢献を考えろ」

「はっ……」

竜崎を見返した寺田の顔に、竜崎の言葉が腹に落ちていない表情が浮かんだ。広報部長の職責は情報の収集と発信のはずだ。

「結果を出せ」

「はっ」

寺田は深く、頭を下げた。

「もう行っていい」

竜崎は、そう言うと右手を軽く煽って、寺田にすぐに立ち去るよう促した。

5

「さきほどは貴重なアドバイス、ありがとうございました。今後ともご指導宜しくお願い致します」

ＡＧ住永フィナンシャルグループ社長の竜崎太一郎はこう言った。丁重な言葉遣いと重々しい物腰がアンバランスだった。竜崎の細められた視線は、じっと沖永産業会長の矢代幸作の目線を捉えたままだ。

女性秘書が、緑茶を置いて、応接室を出ると、部屋の空気が張り詰めた。

「なに、世の中には口さがない連中がいるからな。君は、グループを背負って立っているんだ。ＯＢがしっかり経営を見て、皆で君を支えるのは当然のことだろう」

竜崎は、黙ってうなずくと、矢代にお茶を勧めた。そして自分のお茶の蓋を開け、口元に運んだ。

「最近の広報は甘くていかんな。ネットメディアに、社長のインタビューが出るなんて、金融界のお笑いぐさだ。広報部長の寺田君。調べたら、私大出じゃないか。最近は、ずいぶん私大出の役員が増えたな。彼らは、だいたい仕事の詰めが甘いし、教養に偏りがある。人脈も薄い。つまり、仕事も人間も軽いんだ。来年にでもお払い箱にするんだな」

矢代は、ことさら部下にでも指摘するかのような口調でそう言うと、お茶をゆっくりと口に運んだ。存命の頭取経験者が、栗山だけになる中、副頭取経験者で、実力者の矢代の発言力が、徐々に高まっていた。栗山の信頼が厚いことも、矢代を強気にしていた。

「しかし、この応接室も、10年前とちっとも変わらないな」

矢代は独り言のように言葉を継ぐと、応接室の中を見回した。

ＡＧ住永フィナンシャルグループの本社ビルは、合併前のＡＧ銀行のものだ。役員応接室も、昔のままだ。濃い緑色のカーペットや明るい茶色のアールデコ調の木枠のソファーは、手入れが行き届いているが年代を感じさせた。壁にかかった、著名な日本画家の描いた水車の絵も、そのままだ。

かつて副頭取として、客を迎えるためにドア側のソファーに座っていた矢代が今は来客として、奥の席に腰を落ち着けていた。

「本日はどのようなお話でしょうか」

「今日は、君に一つ報告に来たんだ」

「まさか、七星不動産との件ですか」

竜崎は、ひと呼吸おいてから、ゆっくりとした口調で答えた。

「ほう。話が早いな。そうだ。沖永産業は七星不動産と合併することに決めた」

矢代の鷹のような目が、強い光を帯びた。

「うちの大川専務と沖永産業の尾山社長で、リストラ案を作成中のはずですが」

竜崎は、感情を排した事務的な口調で言った。

「アパートローンの傷が思ったより深い。瀕死の状態だ。君も聞いているだろう。資金繰り表が一部のマスコミに摑まれた。もう、ゲームオーバーだ」

「本業は健全なので、アパートローンをリストラすれば、単独での生き残りは可能だと考えています。七星と合併となれば、沖永は吸収される形になります。なぜ合併の必要があるのか理解できませんが」

竜崎の口調に、いつも人を支配している人間に特有の高圧的なトーンが滲んだ。たとえ相手が、かつての銀行の先輩であっても、現在のトップが誰であるかを鮮明に示すものだった。

「もちろん、不採算事業のリストラは大前提だ。だが、単独での生き残りは困難だ。合併は沖永産業会長の私と、七星不動産の袴田《はかまだ》社長で決めたことだ。週明けには、役員会を開いて正式に決定する段取りだ。メインバンクには念のため、説明したまでだ。ＡＧ住永の貸出債権は完全に無傷だ。理解してもらう必要はない」

　矢代は、竜崎の圧力をはねつけるように、竜崎に目線を注いだまま話し続けた。経営再建中の沖永産業の資金繰りを握っているのは、ＡＧ住永銀行だ。沖永産業の生殺与奪権はメインバンクであるＡＧ住永が持っていると言っていい。しかし、日本有数の不動産会社で抜群の資産内容を誇る七星不動産の経営の意思決定に、銀行が口出しなどできない。七星が、沖永を吸収合併すると決めたなら、メインバンクとて容認するほかないのは確かだ。

「吸収合併となれば完全に七星主導です。尾山社長を筆頭に、御社の従業員が納得するとは思えません。モチベーションの低下が、収益力にダメージを与える可能性があると考えますが」

　吸収合併となれば、沖永の社員が経営の中枢に関与することはなくなる。従業員が意気消沈するのは間違いない。

「尾山君ねえ。彼は、アパートローンを拡大して損失を作った戦犯だ。そんな人間に発言権はない」

　竜崎は黙って、矢代の表情を見続けた。

「それで、合併後の経営陣の人事だが、すべて七星不動産に委ねることになっている。吸収合併だから致し方あるまい」

2人の間の会話が止まった。先に沈黙を破ったのは、矢代だった。

「七星不動産の意向で、社長の尾山君には経営責任を取って退任してもらうことになっている。合併後の新しい不動産会社に彼のポストはない。彼をこの後、どう処遇するか、しないのかは銀行で考えてくれ。それから七星の常務に1人、AG住永から人材をもらいたい。その人選は私に任せてもらいたい」

銀行から取引先企業に出向する者の人事は、すべて銀行のトップが握っている。矢代は、竜崎の持つ権限に、露骨に介入してきたのだ。

「それで七星不動産で代表権のある副会長にご就任されるわけですか」

竜崎は、太い声音に、嫌味が混ざった言葉を吐いた。

「知らんな。それは、七星不動産の考えることだ」

竜崎は、黙ったまま目線を矢代に向けた。

「この合併で、沖永向けのAG住永の融資は完全に守られる。しかも、七星不動産向けの融資は急拡大してメインバンクと肩を並べる水準になる。あずさ銀行と並行メインといってもいい融資残高だ。竜崎君にも、私の古巣への貢献を十分に理解してもらいたいね」

矢代の血色の良い顔に高揚感が広がり、皮肉めいた笑みが浮かんだ。

「それに、銀行もアパートローンのサブリースの件では、ずいぶんと甘い汁を吸っただろう」

「甘い汁ですか」

竜崎は感情のこもらない声音で、矢代の言葉を繰り返した。

「そうだ、甘い汁だ。まさか、とぼける気じゃないだろうな。銀行にも、きちんと責任を取ってもらうことになるぞ」

矢代は、そう言うと、鷹のような目から、さらに研ぎ澄まされた光を放った。

6

「営業第二部の立場としては、確かに文句の付けようはないですよ。ただ、沖永の社員のことを考えるとかわいそうな気がします。多くの社員は地を這うように、マンション管理や大規模修繕の仕事に取り組んで、収益を改善してきましたからね。沖永の人たちとたくさん付き合ってきましたが、真面目で頑張り屋が多いんです」

寺田俊介のスマホから、営業第二部次長の蓑田慎吾の声が聞こえた。寺田は、部長室のドアを閉めて、部屋にこもっていた。

「確かに、吸収合併されるのは、サラリーマンにとっては悪夢だ」

寺田も蓑田も、そのことを嫌というほど思い知っていた。ＡＧと住永の合併は、不良債権を抱えて自己資本比率が低下した住永を吸収する形で、ＡＧが主導した。

そのため、トップや企画、財務、人事などの本部の主要セクションや、法人向け融資を担う営業部などの担当役員や部長は、ほぼＡＧの出身者が担い、銀行の経営を引っ張っている。ただ、住永の場合は、個人向けローンや金融商品販売などに強みがあり、そうした個人向けの業務は住永に主導権が渡されていた。それに、役員ポストも一定数は住永にも配分されている。それでも、かつてのライバルだった住永の行員たちの目からは、すっかり生気が失われていた。

合併の現実は「食うか食われるか」でしかない。食った側のＡＧ出身の寺田や蓑田も、その残酷な現実を知ることになった。

さらに今回の七星不動産と沖永産業では、売上高で5倍近い差があり、資産内容も段違いで七星が健全だ。七星と合併すれば、沖永は跡形もなく食い尽くされてしまうだろう。

「沖永は矢代会長に売り飛ばされるってことですね」

蓑田は露骨な表現を使った。

「矢代会長にすれば、沖永を再建したのは自分で、アパートローンのサブリースで駄目にしたのは、尾山社長とそれを支えたＡＧ住永ってわけだな」

「ええ、うちの竜崎社長が、矢代会長を封じ込めるために、尾山社長をＡＧ住永から送り込んで、アパートローンの拡張戦略を推し進めたのは、事実ですからね。矢代会長にすれば、腹に据えかねているってことでしょう」

「会社を売り払って、自分だけ、いいポストに就くのは当然だと考えているんだろうな」

「まったく、一生懸命働いてきた従業員のことなんか何も考えてないじゃないですか。株価至上主義、自分の利益の最大化だけが目的のアメリカの経営者の悪い所と、従業員を大切にする日本の経営者の良い所を切り捨てて、くっつけたみたいな話ですね。何も希望がないですよ」

「さらに、うちの銀行にとって問題なし、とは言えない点もある」

「竜崎案件だって、ことですか。うちの銀行にとって、というより経営陣にとっては問題かも知れませんね」

蓑田が珍しく、皮肉っぽい物言いをした。沖永産業は竜崎と矢代の権力闘争の舞台でもあるのだ。

これで、アパートローン問題の経営責任を取って、社長の尾山が退任に追い込まれる一方で、会長の矢代が、合併後の七星不動産で代表権のある副会長に就任するとなれば、矢代と尾山の勝負は、はっきりついたことになる。このことは尾山の後ろ盾である竜崎のパワーが矢代に対して低下することも意味していた。

そもそも、銀行から融資先企業に出向した人間の人事を銀行がコントロールできなくなったこと自体が、グループの秩序を考えれば、大問題だった。竜崎が歯がゆい思いをしていることは寺田にも理解できた。

寺田は、旧ＡＧ銀行役員招待昼食会での、矢代の発言を思い出した。得意気に竜崎を「くん」付けし、まるで矢代が竜崎より格上であるかのような言動だった。しかも、婉曲的に竜崎の長期政権への布石に水を差す矢代の思惑も示されていた。

竜崎が、これまで不文律だったトップ６年の慣行を破り、長期政権を樹立するとなれば、矢代の存在自体が、大きなハードルになりかねない状況だった。

「君なりの貢献を考えろ」「結果を出せ」――。

竜崎の言葉が、寺田の脳裏に、はっきりと蘇った。

7

花島由佳は、取材先との電話を終えると、ゆっくりと受話器を置いた。スマホばかり使っているせいか、最新式の卓上電話の受話器の手触りが、ずいぶんと軽く、頼りないもののように感じられた。ニュース・インサイトのオフィスは、３ヵ月前に大手町の最新のビルの25階に移転したばかりだ。スペースも2倍に広がった。黒を基調とした壁はシャープな印象を与え、全面に広がる窓からは春の緩やかな光が差し込んでいた。

花島由佳は、自分の左手の爪のネイルを見た。薄いピンク色にコーティングされ、心地よい光沢に包まれている。カップに入ったコーヒーは、少し冷めていたが気分は悪くなかった。

その時、ふっと東京ポストの静岡支局時代の県警の記者クラブを思い出した。ざらついた感触が、花島由佳の胃に蘇った。

そう、あのころ花島由佳はスカートをはくのをやめ、パンツスーツに替えた。好きなスカートをはいてネイルをするようになったのはニュース・インサイトに転職してからだ。

「せいぜい、ネイルでもして、女を磨いてさ。警察官に気に入られて、特ダネを取ってきてくれよ。本当、女はいいよな」

記者になって3年目の夏だった。気分転換にしたネイルを直属の上司である県警キャップに見咎められた。看護師が病院の認知症の患者を3人連続で殺害した事件で、花島由佳が連続してスクープを書いた直後のことだ。まず、病院での連続した不審死に疑問を持って3ヵ月かけて警察に粘り強く取材を重ね、時間をかけて病院関係者にもパイプを築いた。殺人事件の容疑者として看護師が浮上、静岡県警が逮捕に向けて事情聴取することを最初に報じた。由佳の特ダネは東京ポストの社会面トップを飾った。事件は一気に全国ニュースになった。地道な取材が功を奏したと由佳は考えていた。そしてキャップも含めて支局全体が、花島由佳の仕事ぶりを率直に評価していることに疑いすら持たなかった。

看護師からの直接コメントも取材してあった。生い立ちや人間関係や日頃の言動まで調査済みで、警察による逮捕を皮切りに、記事を次々と書いた。

しかし、キャップは違った。年次もわずか3年先輩なだけだ。ネタが取れず、活躍の場がなかったキャップは、久々の全国ニュースなのに、本社にアピールするチャンスを逃した。

キャップの細い目とヒラメのような顔が浮かんできた。そのころ花島由佳がスカートをはくのをやめ、パンツスーツに替えたのは、時折キャップがなでるような視線で、スカートから出ている脚を眺めるのが嫌だったからだ。爪にしたネイルは、その代わりだった。しかし、その晩、由佳はネイルをはがした。

ニュース・インサイトでは、服装に文句を言う上司もいなければ、揶揄する同僚もいない。服装も仕事のスタイルも必要に応じて判断すればいい。判断するのは上司ではなく、ましてや会社を包む空気でもない。自分自身だった。

花島由佳はパソコンのディスプレイで時間を確認した。午後2時半を回っていた。AG住永フィナンシャルグループ広報部長の寺田俊介とのアポイントの時間が近づいていた。

花島由佳は、書棚のボードの上にある置時計に目を止めた。金色の縁取りは、凝ったアールデコ調の造りで、年代を感じさせた。こうした設《しつら》えの応接室を記者対応に使うのは、AG住永というよりAG銀行らしい。花島由佳は、AG住永フィナンシャルグループの広報部長、寺田俊介と向き合っていた。

「先日は、ありがとうございました。竜崎社長のインタビュー記事には、20代、30代の読者のアクセスも多く、よく読まれました。滞在時間も通常の記事ですと1ページ当たり40秒ほどなのですが、この記事は2分近くまで伸びています」

花島由佳は、そう言うと、大概の男の気分を良くする笑顔を見せた。そして、ここ1週間のページビューとユーザーの分析を記した紙を寺田に見せた。読者の滞在時間が長いということは、それだけ読者が記事にじっくり目を通していることを意味している。記事の読者は40代の男性が中心だが、若い世代や女性にも広がっていた。ニュース・インサイトの最近の記事の中でもアクセス数が多く、ランキングに入っていた。

こうしたデータを蓄積して編集活動にフィードバックしているのもニュース・インサイトの強みだった。

「それは良かったです。さっそく竜崎にも報告しておきます」

寺田は鍛えられた痩身で、振る舞いに清潔感があった。寺田の広報マンとしての仕事のやり方は、思い切ったリークもないが、特定のメディアだけを優遇する偏った対応をすることもなく、誠実な記者対応と言えるだろう。面白味に欠けるが、信頼できるタイプと言っていい。

お堅いイメージの強いAG住永フィナンシャルグループのトップである竜崎太一郎がネットメディアのインタビューに応じるのは、異例だ。それが実現したのは、東京ポスト時代からの花島由佳とＡＧ住永の関係性だけでなく、寺田の広報マンとしての新しいセンスと柔軟な姿勢があったからだろうと花島由佳は考えていた。

竜崎がインタビューを受ければ、保守的な伝統的企業の経営者のインタビューが入りやすくなる。日本の大企業にとって、メガバンクのトップがインタビューを受けたという前例は大きい。ニュース・インサイトに登場する経営者は今のところ、若手で成功したベンチャー経営者が多いからだ。

例えば、最近、注目を集めたのは、いまやネットビジネスを牽引するワールドフィールドテック社長の木《き》谷《たに》英輔《えいすけ》のインタビューだ。

「会社って、金もうけのためのフィクションですよね。フィクションに人生捧げるとか、アホらしいんで、もう、やめましょうよ。どうやって稼いで、生き抜くか、みなさん、本気にならないとまずいでしょ……」

木谷の言葉は、ネット空間で、多くの若者を引き付けた。大手紙に登場しない木谷のような気鋭の経営者の本音が、たっぷり読めるのがウェブメディアとしての強みだ。そこに、伝統的な大企業が加わることで、若手との対比が可能になる上、ニュースメディアとしてのブランド力が高まる。

これまで東京ポストの記者として築いてきた伝統的企業への人脈を生かして、ニュース・インサイトに貢献するのが花島由佳の戦略の一つだった。

「竜崎の言葉は、若手のベンチャー経営者の皆さんと比べると、刺激が足りないのではないかと心配していましたよ」

「若い経営者は、既存の何かを破壊しようとしています。言葉も鋭くなり、読む人の心を突き刺します。そこが面白いんです。でも竜崎社長は、メガバンクという巨大なグループを率いるお立場です。当然、言葉の質感が変わってきます。メディアにとって大切なのは、モザイクのように異質なものがまじりあい、読者の感覚を刺激することなんです。多様性と驚きの演出こそが大切だと考えています」

「なるほど、それなら良かったです」

しかし、今日の寺田の反応は鈍い。感覚をどこかに置き忘れてきたかのようだと花島由佳は感じていた。

「しかし、5年でトップを辞めるかも知れないという竜崎社長のご発言は、グループ内でも反応があったんじゃないですか」

現に、インタビュアーの花島由佳にも、この竜崎の発言についての真意をどう考えるのかという電話が多くかかってきた。もちろん、その大半は、AG住永グループの役員や幹部たちからだった。一方で、若手の編集者や経営者が面白がったのは、「経営はアート」という発言の方だった。年功序列のメガバンクの経営にアートほど似つかわしくない言葉もない。そんな発言がトップから飛び出す空々しさとある種のあざとさに、多くの若者は、逆にメガバンクの窮屈な組織の断面を見たのかも知れない。

「いえいえ、あれは、竜崎がただ一般論を述べただけですから。行内では誰も気にもかけていませんよ」

寺田の表情が、軽くこわばった。言葉が、上滑りしている。花島由佳のセンサーが反応した。

「そうですかね。私のところにも多くの幹部やOBの方からの連絡がありました。あの発言は、トップの在任期間が6年だという不文律を破り、竜崎社長が長期政権を実現するための布石ではないかと受け止められていましたが」

花島由佳は、寺田を刺激して反応を探ることにした。

「OBもですか。まさか、そんな風に受け取る方がいるなんて聞いていませんよ」

「一昨日に行われた旧AG銀行役員招待昼食会では、インタビュー記事で、5年で辞めるかも知れないという竜崎社長の発言が問題になったと聞いています。しかも発言されたのは、元副頭取で、沖永産業会長の矢代さんだと」

「昼食会での個別の発言について私の立場では、云々できません。ただ、昼食会は現役役員とOBの親睦会です。気軽な意見交換の中では、いろんなご意見も出ます。問題なんてことは特になかったと思いますよ」

寺田の眉間に皺が寄り、目が細められ、厳しい表情が浮かんだ。

「本当に、そういうレベルだったんですかね」

花島由佳は、さっと寺田の目を覗き込んだ。そこには、これ以上は話さないという意思が滲んでいた。しかし、花島由佳には、もう十分な情報があった。50人ものOBと現役役員の前で語られる言葉が、気軽な意見交換であるはずがない。それが、竜崎とは対立関係にある有力OBの矢代であるとすれば、なおさらだ。そこには自ずと旧AGグループ内の行内政治的な意味が生まれる。これは面白いことになりそうだ。花島由佳の中で、バラバラの点と点だった情報が、結びつき始めていた。

「それで、今日お聞きになりたいというお話は」

寺田が淡々と言葉を継いだ。

「前置きが長くなってすみません。今日の本題に入りましょう」

そう言うと由佳は、ずばりと切り込んだ。

「沖永産業へのアパートローンの紹介手数料の件です。AG住永銀行が顧客を沖永産業に紹介するために多くの手数料が入ることが、顧客に説明されていませんよね。10%を超える例があったと聞いています。これを金融庁が問題視しています。近く、本格的に調査に入るようです。これについて公式のコメントを頂戴したいというのが、今日の本題です」

これまで、ぼんやりしていた寺田の表情に、血の気が走った。そして両目が見開かれた。花島由佳は、自分の顔に笑みをつくった後の頰の形が、微かに残っていることを意識した。

このネタは、確実にＡＧ住永を揺さぶる。花島由佳は、ＡＧ住永を、とことん追及する構えだった。

8

「このまま竜崎の好き勝手にさせるわけにはいきません。ＡＧ銀行の伝統に傷がつきます」

ＡＧ銀行元副頭取で、沖永産業会長の矢代幸作は、そう言うと鷹のような眼を、ＡＧ住永フィナンシャルグループ相談役の栗山勇五郎に向けた。

栗山は、脂身をたっぷり含んだサーロインステーキをナイフで大きく切り裂いた。そして、果汁や野菜で丁寧に仕上げられたソースをたっぷり付けて悠然と口の中に入れると、ゆっくりとかみ砕いた。

「まあ、そう慌てるな」

栗山は、グラスに注がれた赤ワインを、時間をかけて徐々に飲み干した。グラスをテーブルの上に置くと、すっかり白くなった頭髪を、右手で軽く撫でつけた。

「まだまだ飲めますね」

矢代は、そう言うと、媚びたような笑顔を浮かべながらワインボトルを栗山のグラスに傾けた。

栗山は一見、ただの小柄な老人だ。背中も曲がり、姿勢も俯き加減だ。顔のたるみや皺も、年齢を感じさせた。ただ、目には強い光を湛え、その悠然とした佇まいは異彩を放つ。巨大銀行を長年率いたことで蓄積された、周囲に与える威圧感は衰えていない。

「確かに、住永との合併、英国のヨークランドへの出資は結果的に、うまくいったのかも知れません。しかし、アジアや東欧、南米向けの融資の急拡大は、相当なリスクを孕んでいます。それに、行員たちは、みな竜崎の顔色ばかりうかがって自由闊達な空気も失われてしまった。これは深刻な問題です。竜崎の独裁は、グループの危機です。6年を超えて、トップの座に居座ろうなんて、とんでもありません」

矢代は、話し続けた。

西麻布のフレンチレストランの個室は柔らかい光で包まれ、2人の男の会話だけが響いていた。

「トップの任期が6年というのは、組織の中で、積みあがってきた知恵だ。長くなると、組織が萎縮し、よどむ。トップが、組織を自由自在になんでもできると思った瞬間が転落の始まりだ。傲慢と慢心が、間違いを生む」

「その通りです」

「それにしてもトップ人事は一度間違うと、末代まで禍根を残すな」

「やはり、竜崎をトップに据えた人事が……」

「いや、間違ったのは荒谷を頭取に据えた人事だ」

荒谷康太は、竜崎の2代前のトップだ。前の前のトップが次のトップを指名するのがAG銀行の人事の不文律だ。この慣行によって、頭取経験者の会長が、強力な権力を保持、有力OBが組織に影響力を持ち続ける仕組みを形作っていた。

つまり、竜崎をトップに指名し、頭取に引き上げたのは荒谷だ。そして、荒谷と激しく頭取の座を争ったのが、ほかならぬ矢代だった。長らく頭取候補の本命とされた矢代ではなく、ダークホースの荒谷を引き上げたのは、栗山の前の頭取だった井川忠明《いがわただあき》だ。

「井川さんは、荒谷をトップに引き上げることで、僕を牽制したかったんだ。荒谷は、自分を引き上げてくれた井川さんに絶対の忠誠を尽くした。僕のことなど、どこ吹く風だった。意表を衝いた人事ほど、人心を深く支配する。その荒谷がトップに持ってきたのが竜崎だ」

しかし、井川も荒谷も、すでにこの世を去った。荒谷の後任で、栗山がトップに引き上げた長谷山文彦も60代の若さで亡くなった。AG銀行の出身で、存命のトップ経験者は80歳を過ぎた栗山だけになっていた。

矢代は目線を落とすと、黙ったまま赤ワインを少しだけ口に含んだ。

「君には本当に苦労をかけた」

栗山が、噛んで含めるような口調で、矢代に声を掛けた。

「とんでも、ございません。私の力不足でした」

栗山は軽く首を横に振ると、言葉を継いだ。

「まずは、七星不動産副会長への就任の件、すべて了解した。異例の人事ではあるが、君の立場もよく理解できる。率直に、歓迎したい。最後まで、気を引き締めて、七星と沖永の合併をなしとげてくれ」

「ありがとうございます」

「これからも君には多くの力を借りることになる。七星だけでなく、AG住永フィナンシャルグループにも、目を光らせてほしい」

「もちろんです。私にできることであれば、なんだってやらせて頂きます」

酔いのせいか、高揚感のせいなのか、鷹のような鋭さを持つ矢代の顔も紅潮していた。

「まずは、竜崎の手足をもいで、外堀を埋めるんだ」

「はい」

「手始めに、広報部長の寺田を切る。次の5月の人事でいいだろう」

「もちろん同感です。私も寺田は早く退任させるべきだと思います。ただ、まだ執行役員になって1年ですから……」

「構わん。沖永産業の件では、君は竜崎に大きな貸しを作った。こないだの昼食会での君の発言は、いい布石だ。変なネット記事も出たんだろう。人事の理由なんて何だっていいんだ。いや、むしろ出鱈目な方がいいぐらいだ。グループ内に不協和音を生んだ。竜崎の体制を揺さぶるぞ」

「分かりました」

「これからは遠慮するな。君のやることは、僕が全面的にバックアップする」

栗山は、そう言うと再び、ざっくりと大きくステーキを切り裂く。レアな焼き加減のサーロインから血が滴った。栗山の全身に力が漲っていた。

「はい」

矢代も力強く、うなずいた。

「それから、唐沢を励ましてやろうじゃないか。唐沢の奴、竜崎の前で、すっかり萎縮していたな。そうだ。久しぶりにゴルフにでも誘ってやろう。栃木のいつものゴルフ場を予約しておいてくれ」

「分かりました。さすが、お元気ですね」

「調子が良ければ今でも90を切るぞ」

栗山は、そう言うと頭取時代と変わらない調子で豪快に笑い声を上げた。

9

「さっきから話しているように、顧客を紹介して手数料を頂戴するのはビジネスだ。この取引には何の違法性もない以上、顧客との個別の取引内容については、一切開示するつもりはない。広報部に説明する必要もないと思っているんだがな」

ＡＧ住永銀行執行役員リテール営業管理部長の是永陽介《これながようすけ》は、そう言うと会議室の机を左手の人差し指で、小刻みに叩いた。目線を広報部長の寺田俊介から外すと、左手の腕時計に軽く目線を向けた。

「マスコミが何を言っているかは知らんが、そんなもの取り合う必要はないだろう。金融庁だって違法行為がないのに、何を調べるっていうんだ」

是永が率いるリテール営業管理部は、支店での個人取引を統括、リスク管理の責任を負っている。

「お話は十分に理解しました。しかし、顧客紹介に10％も手数料を取っていたことが事実だとなるとマスコミに批判的なトーンで報道されるリスクがあるのはご理解下さい。マスコミ報道には流れがあります。なぎさ銀行の件が、社会問題化している中で、アパートローンのサブリース問題が焦点化しています。問題の矛先が、われわれに向くとやっかいな火種になりかねません」

寺田は、是永に言った。

ＡＧ住永銀行は、グループの信託銀行のネットワークもあって、不動産を保有する富裕層と伝統的に太いパイプを構築してきた。そんな土地持ちの富裕層には、多額の相続税を支払うことを避けるために、アパートの建設に乗り出す需要が高まっていた。

こうした富裕層にとって、ＡＧ住永銀行の看板は、抜群の信頼感があった。こうした土地持ちと、ハウスメーカーを仲介、ＡＧ住永銀行が、がっちり手数料を稼いでいたのだ。

無論、ビジネスマッチングで手数料を得ることは違法ではない。まっとうなビジネスだ。通常の不動産売買の手数料は３％だ。その程度なら、文句も出ないだろう。しかし、銀行の信用力を背景に10％も手数料を荒稼ぎし、そのことを顧客である不動産所有者に告げていなかったとなれば道義的な責任が生まれかねない。

結局は、不動産所有者は何も知らされないまま、通常よりも１割も高い費用で、アパートを建設させられていたことになる。

「ちょっと待ってもらおうか。なぎさ銀行と一緒にされるいわれはない。彼らは、年収５００万円のサラリーマンの収入を１０００万円と偽って、多額の借金を背負わせてアパートのオーナーに仕立て上げた。しかも、たっぷり家賃収入が入ることを保証した。しかし、それが、大ウソだった。家賃も入らず、サブリースの会社は経営破綻。サラリーマンのオーナーの中には自己破産に追い込まれた方も出た。これと、われわれのビジネスのどこがどうつながるんだ。何の関連もないし、飛び火なんかしようもない。そんな出鱈目な記事が出るっていうなら、それを潰すのは広報部の仕事だろう。落ち度のない、われわれリテール部門には何の責任もなければ、関係もないはずだ」

是永の言葉に、不快なエネルギーを含んだ棘が混じり始めた。

是永は、寺田より2年先輩だ。住永銀行の出身で、リテール部門の出世頭だ。

「では、マスコミに、AG住永銀行は、アパートローンの紹介手数料を10%も取っていたと報道された場合に、広報部としては、どう答えればよいのでしょうか」

「そんなのは、簡単だ。個別の取引内容についてはお答えできない、で十分だろう」

是永は、あきれたような口調で答えた。

「否定できないとなると、報道は、どんどん拡散しますよ。どうやら10%も手数料を取っていたのは、事実のようですからね」

寺田が、是永にこう言うと、広報部次長の太田幸助が会話に割って入った。

「部長、この問題は、これ以上、広報部が、関与すべき問題ではないのではないかと思いますが」

太田の視線が、寺田を捉えた。

太田も、是永と同じ住永銀行の出身だ。取材テーマが旧住永銀行の牙城であるリテール関連で、担当部長の是永も住永銀行の出身であることに配慮して、寺田は、是永とのミーティングには部下の太田も同席させた。こういう時に、住永出身の太田を外すと、あとでやっかいな問題になりかねない。

住永銀行出身者の人事は、住永出身の幹部が考えて実施される。太田にしてみれば、直属の上司である寺田からの評価より、同じ住永銀行出身の是永から、どう評価されるかの方が、よほど重要なことなのだ。

寺田は何食わぬ顔で、太田から目線をそらすと、是永に向けて言葉を継いだ。

「メディアで話題になると分かれば金融庁も動きます。あとで問題を見逃していたのかと、指弾されかねませんからね。しかも、今の金融担当相は、あの富永平太ですよ。機を見るに敏で、国民目線だと言って、われわれメガバンクを何かと目の敵《かたき》にしているのはご存知でしょう」

「だから、違法行為がない以上、金融庁に何をいわれようが、富永平太が叫ぼうが、怖くもなんともないだろう」

是永は、こう言いながら、再び、左手の人差し指で、机を叩き始めた。

「われわれは、金融システムの一翼を担う公的な側面も持った組織なんです。マスコミも特別な目線を向けてくるし、政府も一挙手一投足にまで嘴《くちばし》を容《い》れてくる。そのことを前提にして、ビジネスをやるしかないんです。法律を守っていればよいというものではないはずです」

寺田がこう言うと、是永は、左の口の端を歪めた。

「太田君、こういう問題は、まず広報部内で、交通整理をして、しっかり問題を片づけておいてくれ。住永銀行では、こんな問題で、広報部が現場の時間を奪うなんてことはなかったよな」

是永は、まるで寺田の存在を無視するような口調で、太田に言った。

是永からすれば、ＡＧ銀行出身で、しかも2年年次が下の寺田は、まったく配慮の必要のない相手でしかないのだ。

「今や、利ザヤが縮小して、企業向けの融資じゃ稼げていない。われわれが、しっかり稼がないと、君たち広報部のボーナスが出ないことを忘れるな」

是永は、太田に向けたとも寺田に向けたとも受け取れる口調でそう言うと、寺田とは目も合わさずに席を立った。

10

ＡＧ住永フィナンシャルグループの社長室で、社長の竜崎太一郎と副社長の安井《やすい》成之《しげゆき》が、向き合っていた。

社長室は、竜崎が執務をする個室だ。取引先やメディアの取材など社長への外部からの訪問者は、応接室に通される。その一方で、グループや銀行内部の打ち合わせには、この個室が使用される。

窓側のよく日の当たる奥のスペースに、しっかりした木製の執務机が配置されている。入り口近くには、8人ほどがミーティング可能な大テーブルと椅子があり、竜崎の執務机の手前に、ソファーとローテーブルが置かれている。大きなリビングルームほどの広さだ。床には、毛足の長い赤いカーペットが敷かれている。このカーペットが示す柔らかい感触は、この部屋が特別な空間であることをすべての訪問者に知らしめた。

サイドボードの上には、額に入った写真や賞状、胡蝶蘭や観葉植物も飾られていた。竜崎とサッカー日本代表のエースストライカーが、ともにサッカーボールを持って、笑顔で写っている写真が目を引く。AG住永は、ワールドカップなどの国際的なサッカーイベントのスポンサーなのだ。

竜崎の笑顔は、温かな包容力と深い知性を感じさせるように計算され、緻密に演出されていた。世の中の多くの人は写真に写った竜崎から、メガバンクトップの風格と安心感を感じ取るだろう。

磨き上げられた漆黒のローテーブルの上に一枚のペーパーが置かれていた。そこには、持ち株会社の部長クラスだけでなく、傘下銀行であるAG住永銀行の執行役員、幹部クラスの人事の原案が書かれている。バージョンはすでに5回以上も更新されていた。

ＡＧ住永フィナンシャルグループのすべての人事権を握っているのは、社長の竜崎だ。人事担当の副社長の安井も、所詮は、竜崎の意向をうかがう官僚に過ぎない。安井は時に竜崎の指示を仰ぎ、その意向を正確に読み取り、人事の詳細なパーツを組み上げている。

竜崎は時にはＡＧ住永銀行の次長クラスの人事まで、チェックし、指示を出した。人事権こそが、竜崎を銀行グループの頂点に君臨させるパワーの源泉なのだ。

「社長、一点だけ、申し上げたいことがあります」

ソファーに浅く腰かけた安井は、銀縁のメガネの奥の目線をやや上目遣いにしながら、竜崎の顔を見た。やせ型の安井の頬は削げ、顔色は、どこか青白い。堂々とした体軀の竜崎の前では、安井は一段と貧相に映った。

「なんだ」

竜崎は、意外そうな面持ちを、浮かべながら、答えた。

「ＡＧ住永銀行の執行役員広報部長の寺田君ですが、今期で退任では、如何でしょうか」

「なぜだ」

竜崎の声音が尖った。人事担当の安井も役員クラスの人事案に一定程度、関与できる。安井の元にも様々な声が寄せられるのだ。ただ、最終決定権が竜崎にあるのは当然のことだ。

「やや荷が重いかと、考えております。年次やグループ内のバランスを考えますと、このあたりが退任の適切なタイミングかと思います」

安井は、眉間に皺を寄せ時折、上目遣いで竜崎を見ながら、小声で説明した。

「寺田は、執行役員になって、まだ1年だ。誰かから、意見があったのか」

竜崎の声音は一段と尖り、粘りつくような目線が、安井に向かった。

「いえ……。私の考えです」

竜崎の言葉が厳しくなるにつれて、竜崎の顔色をうかがう安井の目線が不安げに揺れた。

「ほう。君の考えか。では、君は、いったい誰の方を向いて仕事をしているんだ」

竜崎の言葉に、安井を試すようなトーンが滲んだ。

「いえ……、その……」

安井は、白々しい調子で、言葉を濁した。

言いよどむことで、竜崎に真実を示唆しようとする計算が、うかがえた。

まさか、竜崎の前で、相談役の栗山勇五郎の名を告げるわけにはいかない。安井の意見だけで、執行役員の地位にある寺田を飛ばす人事が実現できないことは明らかだった。

「いいか、広報部長の寺田を飛ばせ。君の責任でやるんだ」——。相談役の栗山から、安井が、こう命じられたのは先週のことだ。

安井は堅実な手腕とその時々の上司の意向を巧みにくみ取る配慮で、出世の階段を上ってきた。あまり野心のなさそうな振る舞いが、かえって安井を高いポジションへと押し上げたのだ。

相談役で元頭取の栗山勇五郎、沖永産業会長で元副頭取の矢代幸作にも重宝されてきた。

安井の入行年次は、竜崎より2年下なだけで、同世代と言える。副社長まで昇り詰めてはいるが、すでに次期社長の目はないと行内では考えられていた。

安井は銀行の秩序に従って、黙々と仕事を進めるタイプだが、何かにつけてそりが合わない竜崎と栗山の調整役のような立場を担わされていた。

安井は、ひたすら沈黙を続けた。そして、竜崎に背景を示唆するように眉間に皺を寄せ、上目遣いで竜崎の表情をうかがい続けた。

「なるほど。君の言いたいことは分かった」

竜崎がソファーに深く腰を沈めると、革張りのソファーが重々しい音をたててきしんだ。

竜崎は、鋭い目を安井に向けたまま思案するように沈黙した。だが、やがて腹を決めた表情を浮かべて、安井に薄い笑みを向けた。

「分かった、寺田は銀行の執行役員を退任させる。グループ内の適切なポストの候補をリストにしておいてくれ」

「はい」

安井の顔に、安堵の表情が浮かんだ。しばらく止まっていた呼吸がようやく回復できるかのように、軽く息を吐きだした。

「それから、唐沢の分もだ。唐沢のポストも探しておいてくれ」

「えっ……。経営企画部長の唐沢ですか……」

安井の表情に驚きが浮かび、言葉が詰まる。唐沢伸二は、寺田と同期入行だ。唐沢は旧AG銀行の出世頭で、10年に一人の逸材とされ、今は、社長の頭脳ともいえる経営企画部長を担っている。

唐沢は若いころから栗山に近く、矢代の系列に属していた。安井の目から見ても、栗山と竜崎のつばぜり合いが強まる中、栗山や矢代の寵愛を受ける唐沢が、竜崎から遠ざけられているような印象もあった。

ただ、唐沢のような特別なエリートコースを歩む行員が執行役員で退任するというのは、これまでのAG銀行の人事の秩序では、ありえないことだった。

「聞こえないのか。唐沢のポストも探しておけ」

「はい。承りました」

安井は、腹を括ったように唇をかみしめ、しっかりと竜崎を見た。そして、恭しく頭を下げた。

11

リテール営業管理部長の是永陽介との面談が終わると、寺田俊介はすぐに経営企画部長の唐沢伸二と向き合っていた。場所は社長室と同じフロアにある経営企画部の横の応接室だ。

「僕は、そんな話は聞いてないな。真偽のほども確認のしようがない」

唐沢は、そう言うと軽く眉をひそめた。唐沢は、すっかり頬の贅肉が増え、髪の毛は、いっそう白くなっていた。唐沢は旧大蔵省や金融庁の担当が長く、政治や金融庁の動きは、詳細に把握している。東大法学部をトップクラスの成績で出た唐沢は、エリート官僚に知己が多く、財務省や金融庁に太いパイプを持っているのが強みだ。若いころから枢要なポストを歴任、将来のトップ候補として育成されてきた。

見た目は、ただの冴えない中年男だが、エリート街道をひた走る唐沢は、グループ内では、特別な光を放っていた。

「ニュース・インサイトの花島記者だ。君もよく知っているだろう。与太話を銀行に当てに来るようなヘボな記者じゃない」

「もし、その話が本当だとすると監督局の役人が考えた話じゃないな。是永さんが言うように法的な根拠がないことで金融庁が動くとは思えない」

「じゃあ……」

寺田が話そうとするのを制して、唐沢は、吐き捨てるように言葉を継いだ。

「もし、その話が本当だとしたら、富永平太と周辺の連中が主導して、何か企んでいるとしか考えられないな」

富永平太は慶早大教授から民間人として金融担当相に就任した際、金融問題タスクフォースを編成、外資系のコンサルタントや金融に詳しい元官僚などを集めて新たな金融の在り方や企業統治などについて検討を進めていた。

政策に非連続な流れを生み出すことを目指す富永は、監督局の官僚たちを、検討プロセスから外すことも多かった。富永主導のトップダウンの意思決定がサプライズを生み、マスコミの注目を集め続けている。

「マスコミをうまく煽って、顧客に知らせずに仲介手数料を荒稼ぎするメガバンクとしてやり玉にあげるってわけか。それで、銀行の稼ぐ力が落ちているだの、企業統治がなっていないなどと攻撃を仕掛けてくるつもりかも知れないな。政権の人気取りに、銀行叩きが使われるいつものパターンだろう」

唐沢は、ため息をついてから言葉を継いだ。

「富永大臣が金融庁の幹部に相談せずに、マスコミにリークして強引にことを進めるのは、君も知っての通りだ。金融庁の幹部が、何をやるのか把握できない以上は、経営企画部としては情報の入手のしようがない。うちだけじゃなく、各金融機関とも、富永の情報はマスコミ経由で把握するように、つとめている。つまり、情報収集の責任は広報部に背負ってもらうしかない。このことはうちの経営陣の中でも、ほぼコンセンサスになっているのは分かってくれていると思う」

唐沢は、軽く顎を上げると、両目に他者を支配する意図を浮かべながら、寺田に言った。

「いずれにしても、危機管理のプランを作成する必要があるだろう」

寺田は、怯まない口調で言葉を返した。

「危機管理も何もない。違法行為がない以上、逃げも隠れもする必要はない」

「ただ……」

「軽薄な大臣や低レベルのマスコミに踊らされるいわれはない。われわれは日本一のメガバンクだぞ」

「広報部としては、あらゆる危機シナリオに備えて対処策を整理して、経営に上げておく必要がある」

「こんな、くだらない話で、社長を煩わせる必要はない。むろん、メディア対応は、広報部長の職責だ。それだけを君の責任で考えて記者たちを巧くあしらってくれればいい」

唐沢は、さらに言葉を続けた。

「うちの方で、富永平太の預金口座は、さっそく洗っておく。変なカネの流れが見つかったら、君から週刊誌にでもリークして、大臣の座から引きずり下ろしてくれ」

唐沢は、軽く笑いながら、そう言った。

「そんなに脇が甘いとも思えんがな」

寺田が曖昧に頷きながら、そう言うと、唐沢は寺田の方に向き直った。そして、左の口の端を皮肉な感じに歪めた。

「寺田、お前、最近、変わったな。すっかり目線が経営者だ」

「どういう意味だ」

唐沢は、大げさに目を見開くと呆れたような表情を作った。

「最近、竜崎社長の寵愛を受けているって、もっぱらの評判だぞ」

「まさか。冗談はよしてくれ。僕は、広報マンとして職責を果たしているだけだ」

寺田は、そう答えながら唐沢の皮肉な言動に、手応えのある高揚感が突き上げてくるのを感じた。唐沢の言葉は、寺田を出世レースのライバルと見ていることを示唆していた。

12

寺田が、広報部に戻ってスマートフォンを確認すると、営業第二部次長の蓑田慎吾から通信アプリにメッセージが入っていた。

もう一つ、娘の文香からもメッセージが入っていた。

「今、成田に行くリムジンの車中。4時のフライトでマニラに行くね。お父さん、お土産何がいいかな?」

メッセージの次に、旅支度をしたパンダがスーツケースを持っているスタンプが押してあった。そう言えば、文香とは、話せず仕舞いだった。商社の友人を紹介できなかった件の詫びも言えていない。フライトまでは、まだ時間がある。後で、丁寧にメッセージを返信しておこう。寺田は、そう考えると、意識を蓑田からのメールに向けた。

「再建プランの概要を送りました。念のため私用メールにしました。ご確認下さい」

沖永産業の再建計画案だ。融資先企業の再建プランを同じグループ内とはいえ、他のセクションに教えたとあっては、コンプライアンス(法令遵守)上の問題が発生しかねない。蓑田は銀行のメールではなく、私用のメールアドレスで送った方が安全だと判断したのだ。

寺田は、私用メールから文書ファイルを確認すると、蓑田から指定されたパスワードを入力して文書を開いた。

文書には、沖永産業の収益やバランスシートの現状、人員、事業の縮小を軸としたリストラ計画、それを前提として3年後に黒字に転換する絵図が示されていた。

むろん、沖永産業会長で、元AG銀行副頭取の矢代が主導する七星不動産への吸収合併案には、まったく言及されていない。

文書は図解やグラフも入れて50枚ほどもあった。ざっと目を通している途中で、寺田の目が、止まった。

バランスシートの資産評価をめぐって、監査法人と厳しいやり取りがあったことが記されていた。監査法人は、「販売用の不動産などの在庫を厳格に評価すると、沖永産業が債務超過に転落している」との懸念を示している。

寺田は、文書や数字を仔細にチェックした。メインバンクのAG住永銀行が全面サポートする姿勢を示すことで、監査法人も、不動産価格を甘めに評価することを渋々受け入れ、なんとか決算発表に耐えうるバランスシートが作成できたことが読み解けた。

そして、アパート事業を分離して、これまで手掛けてきた高級マンションのメンテナンス事業を収益の軸として再生する、メインシナリオであるプランAが詳しく書き込まれていた。ただ、それだけではなく、危機時のシナリオとしてプランBが存在していることに寺田の目が向いた。

会社更生法の申請——。

バランスシートが債務超過となれば、その企業の経営は事実上、破綻していることを意味する。債務超過に転落している企業に、銀行は追加で融資を出すことはできない。

会社更生法を裁判所に申請すれば、マスコミに「経営破綻」「倒産」と報じられ、大きなニュースになる。報道で、経営の失敗が遠慮なく叩かれることになる。会社更生法の適用が裁判所で認められれば、再建計画は裁判所の監督の下で作成され、債権債務関係は大胆に整理できる。多くのケースでは、株式は紙切れになり、銀行の融資は、担保でカバーされていない部分は、大半が毀損してしまう。経営陣は責任をとって総退陣に追い込まれるのが基本だ。借金の棒引きや思い切った人員整理、不採算事業からの撤退が可能で、バランスシートの立て直しが容易なのは、事業再生の観点からすれば会社更生法を活用する利点だろう。ただ、マスコミで叩かれることも含めて企業のブランドイメージが大きく傷つくのは決定的なデメリットだ。

銀行は、融資先企業の経営が傾いた場合、融資が焦げ付くリスクに応じて貸倒引当金を積んで、損失計上し、企業が融資を返済できなくなった場合に備える。ＡＧ住永銀行は、すでに沖永産業向けの融資に多額の引当金を積んでおり、仮に、沖永産業が会社更生法を申請しても、損失は小さく、ＡＧ住永の決算には影響は出ないことも記されていた。

その時、寺田の頭にあるアイディアが浮かんだ。

それは違う。まさか、そんな手は、ありえない——。

寺田は興奮した思考の中で、自分の脳裏に突然、湧き上がった考えを即座に否定した。しかし、やがて寺田の感覚は、ゆっくりと真っ黒な墨のような靄《もや》に覆われ、強い衝動が全身を包み込んでいった。

寺田は、自分のアイディアを仔細に点検した。いくつかの難所はあったが、十分な勝算がある。寺田は、そのアイディアに吸い寄せられるように魅せられた。しかし、それは広報マン、いや銀行員として、やってはならない禁じ手だった。顧客のためにも銀行のためにもならない考えだった。

「君なりの貢献を考えろ」「結果を出せ」——。

竜崎の言葉が、いつものように寺田の脳裏に響き始めていた。そう、それは、竜崎の意図に沿う、竜崎にとって都合の良いアイディアに過ぎない。

しかし、そうだからこそ、そのアイディアは、抗いようもなく寺田を飲み込んでしまった。

寺田の周囲からモノクロの映像のように色が失われ、音も消えた。寺田の脳裏からその他の選択肢がなくなり、躊躇がなくなった。

もう一度、冷静な頭でアイディアを再検討した。やはり、実現可能だ。むしろ、強い意志さえあれば、失敗はしない。今度は、そんな確かな手応えが、寺田を圧倒した。

寺田は、もう一度、ゆっくりと頭の中で順番に計画を点検した。そこに生まれたのは、はっきりとした確信だった。

ただ、もう残された時間は少ない。寺田は、そう考えると、さっそく動いた。

デスクの上にあった電話の受話器を持ち上げると、社長室の内線電話の番号を押した。


社長室の前の廊下の赤いカーペットの長い毛足が、寺田の足元に心地よい弾力を伝えた。女性秘書の陶器のような白い頰を、なにげなく見た。寺田は、広報部長になってから週に何度も、社長室を訪れているが、この空間を覆う体温を失ったような威圧感に、いつにも増して気圧《けお》されそうになっていた。

「で、何だ」

社長の竜崎太一郎は、そう言うと、応接用のソファーに腰を下ろした。革張りのソファーが竜崎の重みから生み出す、きしむような音が、これから話す内容の重さを寺田に感じさせた。ふと、サイドテーブルの上の写真が目に入る。サッカー日本代表のエースストライカーと竜崎が、サッカーボールを持って微笑んでいる。

写真に写った竜崎は堂々とした中にも、温かい知性を示した目をしていた。

まるで別人のような目をした竜崎が、腕時計にちらちらと視線を走らせた。寺田に与えられた時間は8分だ。

「実は、沖永産業へのアパート建設の顧客紹介で、当行が10％もの手数料を沖永から受け取り……」

寺田は、なんの躊躇もなく、底の知れない漆黒の沼地に足を踏み入れた。

竜崎は、寺田の言葉に軽く目を見開いたが、特に口を挟まず、黙って話の先を促した。

「マスコミからの指摘で、金融庁から調査が入る可能性が高まっていることが……」

寺田が、リスクや現状を簡潔に説明し終わると、竜崎が、ようやく口を開いた。

「で、君は、どう対処するつもりだ」

「はい。この際、様々な問題を根本的に解決すべきと考えました。私の考えた対処策についてご説明します」

寺田の話を聞きながら、竜崎は2度ほど、大きく目を見開き、眉をひそめた。ただ、話が終わりに近づくにつれ、頬が緩み、身体を乗り出すようにして、寺田の言葉に耳を傾けた。やがて、満足気な表情が顔全体に浮かんだ。

竜崎の様子から、寺田は自分の胸に、確かな手ごたえが広がっていくのを感じていた。

このプランの狙いは、竜崎の抱えている様々な問題を一気に解決することだ。その意味と効果は、はっきりと伝わったはずだ。

竜崎の言葉だけでなく、身体のあらゆる動きが、常に人を意のままに操り、支配することに費やされていた。竜崎が発するメッセージを数万人の行員が、もらさず受け止めようとする。その意図をもっとも正確に読み取り、実行に移したものだけが、出世の階段を少しずつ上ることを許されるのだ。

そして、寺田の提案は、すべて竜崎の意に沿っているはずだ。竜崎の期待を超えるほど竜崎の考えを捉えている自信が寺田にはあった。竜崎の表情や息遣いが、それをはっきりと示していた。どんな困難があっても実行せよという暗黙のメッセージが、確実に寺田に伝わっていた。

「よく分かった」

竜崎の言葉は、寺田の胸の奥底に深く突きささった。

「ただ、今の話は、私は聞かなかったことにする」

竜崎の言葉に、意表を衝かれた寺田は、何を言われたのかを飲み込むのに少し時間がかかった。

「それは……」

寺田が絞り出すように言葉を出すと、竜崎は寺田の話を封じるように、すぐに言葉を続けた。

「君のプランを実行するかどうかは、君が決めるんだ。そして、その責任のすべては君が負う。私は何も知らないし、関与もしていない。いいな」

「はっ」

「何か、疑問点があるか」

「いいえ。何もございません」

寺田は、竜崎の発言の意図がようやく腹に落ちた。ざらりとした感触が、寺田の下腹を冷やした。寺田は長年にわたって竜崎を観察し、部下として仕えてきた。だが、この瞬間、あらためて寺田は竜崎という人物の本質を、心に刻み込むことになった。そして竜崎と仕事をすることの本当の意味を、強く嚙み締めた。寺田は、自分の顔から血の気が失せていくのを意識しながら、心の奥底が抗いがたいエネルギーに支配されていくのを感じた。思考も感情も凍り付くように動きを止めた。寺田から一切の迷いは消えた。選択すべき行動は一つに絞られ、はっきりとした道筋だけが見えていた。

13

寺田は、広報部に戻ると、部長室の扉を、さっと閉めた。

Ａ４の白い紙を出すと、ボールペンで、チャート図を描いた。どこかに記録が残るパソコンを使うことは避けた。何人かの名前を書き、横に寺田がすべきアクションを書き込んだ。寺田は、自分がやるべき仕事の手順とスケジュールを、あらためて詳細に整理した。

そして自分がすべき仕事を徹底的に頭に叩き込んだ。

完璧に、うまくいく。絶対に失敗は許されない。関係するすべての人が、本人にとって合理的な判断をして、行動すれば、一つの結論に向けて物事は転がる——。

寺田は、チャート図を描いた紙を室内のシュレッダーにかけて、跡形もなく粉砕した。

そして考えた手順をイメージしながら、最初のアクションを起こした。パソコンに入れてある連絡先一覧を開けると、沖永産業社長の尾山信彦《のぶひこ》の連絡先を呼び出した。尾山は、元AG銀行の専務で、竜崎の子飼いだ。寺田も営業部時代に、次長だった尾山に仕えたことがあり旧知の間柄だ。おっとりした風貌だが馬力があり、気位が高い。決して与《くみ》しやすい相手ではないが、合理的な選択を説けば、説得できるはずだ。寺田は、そう考えた。


「寺田君、君は自分が何を言っているか、分かっているのか」

沖永産業社長の尾山信彦は、銀縁のメガネの奥の目を大きく見開いた。

沖永産業の役員応接室は、広々とした空間に、いかにも高価に見える木製の応接セットが置かれていた。しかし、寺田には、この空間にあるものすべてが、意味を失い、空虚に感じられる。沖永の財務は破綻しているのだ。財務を読み解いた寺田には、もはや沖永の名前も社員も、そして社屋すらも、巨大な幻影にしか見えなかった。

尾山の胴回りは、銀行時代より一回り膨らみ、髪の毛は、すっかり薄くなっていた。頬の輪郭が緩み、皺やたるみが目についた。

ＡＧ住永フィナンシャルグループ社長の竜崎太一郎より２つ年次が下なので、まだ60歳手前のはずだが、竜崎よりはるかに年を重ねているように寺田には感じられた。

「もちろんです」

寺田は、はっきりと答えた。

「いくら何でも無茶が過ぎるだろう。われわれは、金融に携わって飯を食っているんだぞ。取引先の信用を守るのがわれわれの仕事だろう。それを……」

尾山の思考は、いつの間にか、沖永産業の社長ではなく、銀行員のそれに戻っていた。

尾山は、太った身体ととぼけた口調で、鷹揚なムードを醸し出すが、誰よりも仕事に細かく、小心なのは、部下として仕えた経験から寺田はよく知っていた。

「では、矢代会長の計画通りになってよろしいのですか」

寺田は、口調を強めた。

元ＡＧ銀行副頭取で、沖永産業会長の矢代幸作が主導して、経営不振に陥った沖永を業界最大手の七星不動産に吸収合併させる構想が動いていることは、尾山の耳にも届いていた。

しかし、この吸収合併をめぐる意思決定から、社長の尾山は外され、なす術もない状況だ。ＡＧ住永銀行主導の再建案の作成については銀行出身の尾山が完全に主導権を握れる。しかし、尾山が牽引したアパートビジネスが経営不振の原因である以上、矢代主導の再編構想に、尾山が口を挟めないのは無理もない。しかも、吸収合併の相手が、財務の健全性が抜群の七星不動産とあっては、ＡＧ住永銀行の威光も届かないのだ。

統合が実現した後には、社長の尾山に経営責任が負わされ、放逐されるシナリオが描かれていることにも、尾山は気づいているはずだと寺田は踏んでいた。

そう、尾山の組織人としての命脈は、断たれる寸前にあるのだ。そのことは尾山も十分に認識しているはずだった。それはプライドの高い尾山にとって耐えがたい現実のはずだ。

尾山の目の焦点が揺れる。微かな頬の緊張も、寺田に見て取れた。そして、尾山の口が、言葉を発しようと動きかけたが、直前で止まる。別の言葉を探るように、眉間に皺が寄った。

寺田には、尾山が、どんな言葉を発したいのか、手に取るように理解できていた。尾山が、仕事を進める時に何を重視し、何を判断基準にするのか、寺田は熟知していたのだ。

「ご理解頂けると思いますが、このような提案を私の独断で申し上げているわけではありません」

尾山の顔に、さっと安堵の色が浮かぶ。

「君の言葉を信じていいんだな。石橋を叩いて壊すとまで言われていた寺田君が、こんな前代未聞の話を持ってくるんだから、まさか丸腰ってわけはないよな」

「はい。もちろんです」

「君の言葉は、竜崎社長の言葉。そう受け止めていいんだな」

「そうです。竜崎社長のご意思だとお考え下さい。そして、何よりAG住永フィナンシャルグループ、いやAG銀行という組織を信じて頂ければと思います」

誠実であろうとする意志が消えれば、言葉を飾ることはたやすい。尾山の気持ちを引き付ける都合の良いセリフが、裏付けのないまま寺田の口から流れ出た。

カネ余りの中、多くの有力企業がカネを溜め込んでいる。しかも、銀行からカネを借りて大胆に事業を広げる企業は少ない。カネの必要性が薄れる中、有力企業にとって、銀行の存在は、ずいぶんと軽くなっていた。高い給料を払って銀行から役員を受け入れる有力企業の数はめっきり減っていた。グループ内のポストも限られている。AG銀行で専務まで務めた尾山だが、沖永産業を放り出されると、ふさわしいポストを見つけるのは難しい。しかも経営責任を取らされ、銀行のメンツを潰したとあっては、給与もステータスも格落ちのポストしか世話されないと考えるのが普通だ。銀行グループの中で、葬られてしまうのだ。

そうした銀行グループの常識を覆し、尾山のことを高いポストで処遇する道を開けるのはＡＧ住永フィナンシャルグループの中で、社長の竜崎太一郎以外には、いない。その道は、竜崎が納得のいくような貢献がなければ開かれることはない。そのことを尾山は誰よりも熟知していた。

「分かった。それで、僕は何をやればいいんだ」

尾山の顔に血の気が戻り、銀縁メガネの奥の目に強い光が生まれた。小心が生んだ表情の曇りが消え、大きく頬が緩んだ。

14

「文香、文香。ねえ、私のこと分かる？　大丈夫？　文香」

菜々美《ななみ》だろうか。興奮気味の声が、ぼんやりと聞こえる。そうだ、この湿り気を帯びたよく通る声は、確かに菜々美の声だ。きれいに切りそろえたショートカットの黒髪と、丸い頬。大きな瞳が向けられている。その姿が、だんだんと像を結んできた。

「菜々美……」

「そうだよ。私のこと分かるんだね。良かった」

「私、いったい……」

どうやら、病室にいて、ベッドに寝かされているようだ。そうだ、ここは日本ではない。

「文香、良かったよ。本当に良かった。検査をしてもらったけど、頭も身体も異常なしだって、お医者さんが言ってたから。2～3日、ゆっくり休めば、日本に無事に帰れるって。だから、何にも心配することないからね。意識が戻れば、大丈夫だって。だから、すぐに元気になるよ」

菜々美の目は潤んでいるけど、声には前向きな熱がこもっていた。菜々美の顔は、半分泣いているけれど、半分は笑っていた。

違和感があるので左手を掛布団から出すと、二の腕に包帯が巻かれていた。

「左手の二の腕もかすり傷だって。だから平気だよ。文香のかわいい顔も、無駄にピカピカしたままだよ」

自分の言葉が可笑しくなったのか、菜々美は笑みを浮かべた。

「そうなんだ……。なんだか、ごめんね……」

「何、言ってんの。とにかく、いい病院に入れて本当に良かった。旅行会社の人が、すぐに動いてくれたんだよ、ここ、マニラでもトップクラスの大病院だから、何の心配もないから」

菜々美の目は少し潤んだままだった。

そうだ。マニラの貧民街で子供たちに食糧支援をするボランティアに来ているのだ。

菜々美は、貧困問題や地域開発に興味を持っていて、彼女に誘われて、このツアーに参加することにした。正直、親友の菜々美に引っ張られて参加した部分が大きかった。

乾季とはいえ、マニラの太陽は、ちりちりと肌に焼き付くような強さがあった。街は、ほこりっぽく、貧民街には、独特の匂いも漂っていた。軒先にシャツが干してあるバラックのような住居が立ち並んでいた。

NGOの人たちに連れられ、現地の母親たちと市場で、食材を買い込んだ。日本から参加した大学生は20人ほどだ。雨漏りしそうなボロボロのテントは、派手な緑やオレンジの色が半ばはげ落ちていた。その下に、粗末な箱やプラスチックの籠に入れられたトマトやイモ、ニンジンが乱雑に並ぶ。赤や緑の色鮮やかな野菜の中には、名前が分からないものもあった。目の前で、包丁で捌かれたばかりの生の鶏肉も買った。日本と比べれば、とても衛生的とは言えなかったが、市場には生命力が溢れていた。

母親たちと、片言の英語でやり取りしながら、数十人分のカレーを作った。野菜や肉を大量に切って、巨大な鍋で、煮込んだ。粗末な小屋のような調理場だった。壁は刷毛の跡が残るような乱雑なやり方でピンクや青に塗られ、扉はベニヤ板だ。一人分のプラスチックの容器に、白いコメを入れ、出来立てのカレーをかけた。

カレーライスの入った容器を一つずつ、子供たちに手渡していった。みな、貧しさから十分に食べられていない子供たちだった。幼稚園から小学校低学年ぐらいが中心だった。

褐色の肌をして、みな黒目が大きい。

最初から人懐っこい子供もいたが、照れ屋で緊張している子もいる。警戒心が強い子だと、こちらも、つい固くなってしまう。そんな時、自分が受け入れられていないように感じて、気持ちが引いてしまうのだ。すると、ますます、その子と距離ができてしまう。でも、腰を屈めて、子供たちに目線を合わせれば、だんだん気持ちが通じたようになる。徐々に、そんな瞬間が増えた。2日目になって、子供たちに少し語り掛けたり、目線に優しさを込めると、子供たちもなついてくれるようになった。

そうだ。2日目の夜だ。こちらの大学で、現地の大学生たちとの交流イベントがあった。軽食を食べながら、彼らに日本の文化について懸命に英語で伝えた。そしてフィリピンの現状を聞いた。大学で学んでいる比較的裕福な学生たちと貧民街の子供たちの間には、埋めがたい格差がある。大学と貧民街は、ほんの数キロの距離しかない。ただ、そこには、日本では考えられないような深い溝があった。

そんなことを話しながら菜々美と一緒にホテルへ帰る途中、夜店が並ぶ騒々しいエリアを通った。後ろからバイクの音が迫り、ヘッドライトの光を感じた。そして、強い衝撃を受けた。その後は……、まったく記憶が途切れている。

「しかし、あれだけ派手にひっくり返って、頭をしこたま打ったのに平気だっていう文香の生命力には感心するわ。それから、あのバイクに乗ったひったくりの男、すぐに逮捕されたんだよ。私、ちゃんとバイクの形状やナンバー、男の風体も覚えていたからね」

どうやら後ろから来たバイクに乗った男にバッグをひったくられたらしい。左肩にかけたバッグを引っ張られた勢いで、転倒したのだ。そう言えば、海外ボランティアを企画したボランティア団体の事前説明会で、車道側にバッグを持って歩くとひったくりに遭うので危険だというレクチャーがあったことを思い出した。笑ってしまうぐらい、そのままではないか。フィリピンでの2日間の経験で気分が高揚していた。そのことで、きっと気が緩んでいたのだ。

「そういう菜々美のとっさの判断力の方が感心だよ」

「まあね」

そういうと、菜々美は腰に手を当てて、軽く胸を張るポーズをとった。

「そうそう。文香の布製のバッグ、取っ手が引きちぎられて、中身が道路にバラまかれちゃったんだよ。だから、私が全部、拾って集めといたよ。カードとか現金とか盗られなかったのもラッキーだったよね」

窓側に置かれたデスクの上に、鞄の中身が並べてあった。財布に鍵、クリアケースに入った日程表や資料。日焼け止め、ハンドタオル、ポケットティッシュに口紅……。量販店で買った白い布製の鞄は、取っ手の下の部分が引きはがされ、泥で汚れていた。汚れた取っ手まで持って帰ってくれたのは、律儀な菜々美らしい。

「それとスマホ。画面が割れちゃったけど、たぶん動いていると思う。充電もしてあるよ」

ベッドの右横の小さなデスクの上には簡易な読書灯と電源があり、そのコンセントは赤いケースに入ったスマートフォンとケーブルでつながっていた。

「菜々美……。何から何までありがとう。菜々美って気が利くよね」

こう言うと、菜々美の顔が、さらに得意気になった。

「それと、文香のお母さん、明日の便でマニラに来てくれるって。文香が退院する準備ができたら、すぐに日本に帰ろう」

「えっ……。帰るの？」

「てか、普通、帰るしかないでしょう。こんな状況なんだから」

菜々美は、こともなげに言った。

「ちょっと待って。だって、プログラムは、あと10日以上もあるじゃない」

この海外ボランティアのプログラムは、2週間の予定で組まれていた。

「文香、何、言ってんの。こんな目に遭ったんだし、もう文香の気持ち的に無理でしょ？」

ふと、貧民街の子供たちの黒目がちな大きな瞳が浮かんできた。子供たちの瞳は、警戒や照れを伝えるものから、親しみや甘えすらも率直に映し出すものへと変わっていた。

「残りのプログラム最後までやろうよ。だって私の身体も頭も何の問題もないんでしょ」

「本気なの」

「本気だよ。私たちに、この国の貧困問題に対して大したことができるわけじゃない。でも、私たちにあんな楽しそうな表情を見せた子供たちがさ、将来、海外から来た若い女性を狙ってバイクでひったくりやるような大人になるとは思えないんだよね。そんな子供たちを一人でも増やしたいんだよ」

「何それ」

「えっ。だから……」

「じゃなくてさ。今の文香のセリフ、格好よすぎでしょ」

「そう？」

「私が男だったら今ので、文香に惚れたわ」

そう言うと菜々美は、ケラケラ笑い出した。つられて、笑い声が出た。包帯が巻かれた二の腕が少し痛んで、顔をしかめた。その様子を見た菜々美の笑い声が、ますます大きくなった。

「ゴメン、ちょっとスマホとってもらってもいいかな。お母さんに来なくていいって連絡しないと」

菜々美は、丁寧にケーブルを外すと黙ってスマホを渡した。そして背中の後ろに手を入れて、そっと身体を起こしてくれた。母はピアノ教師だ。レッスンを休んで教え子の皆さんに迷惑をかけるのは心苦しかった。

「ありがとう」

菜々美に今日、何度目か分からなくなったお礼の言葉を言うと、スマホで通信アプリのメッセージの確認を始めた。

思いのほか、多くの人からメッセージが届いていた。母からは10もメッセージが届いていた。多くの友人たち、大学の国際交流部からも、それにアドバイザーの教授からもメッセージがきていた。それから、雄太《ゆうた》。アルバイト先の学習塾で知り合い、3ヵ月前から交際を始めた彼からもメッセージが届いていた。彼からメッセージが届いているのを確認しただけで、胸がほんのりと温かくなった。まっさきに彼からのメッセージを読んで、彼とたくさんやり取りをしたいと気がせいた。ただ、一方で、文香の胸に、彼とのやり取りに飛び込むことを引き留めるような引っ掛かりが生まれていた。多くのメッセージが届いていただけに、届いているはずの返信が来ていないことが、文香の心を捉えていた。

「雄太さんには私から、ちょっと前に連絡しておいたから。あなたの文香ちゃんはすぐに元気になりますってね」

「まったく、菜々美の気が回りすぎるのも、ちょっと問題だね」

「でも、ちゃんと連絡来てるでしょ。嬉しいくせに」

「まあね」

そう言いながら、文香は父の寺田俊介との通信ページを開けた。

『今、成田に行くリムジンの車中。4時のフライトでマニラに行くね。お父さん、お土産何がいいかな?』

3日前に送ったメッセージが、緑色の下地に、黒い文字で記されていた。メッセージの左横には、既読の文字がある。しかし、その後に送った文香からのスタンプが最後尾で、返事は書かれていない。

父はメッセージを読んではいる。でも娘への返事がない。メガバンクの広報部長がどれほど多忙な仕事なのか、文香には分からなかった。父は、そもそもずっと忙しかった。でも、これまで絶え間ない愛情を感じさせてくれていた。口数は少ないけれど、いつも冷静で、どんな些細な悩みでも受け止めてくれた。たとえ会う時間が少なくても、生きることの不安を丁寧に取り除き、温かく見守ってくれていることは、文香は十分に感じていた。

しかし最近の父は、どこか遠い世界の人のようだ。話していても、どこかに感覚を捉えるセンサーを置き忘れているように文香は感じていた。

文香は雄太のことも父に早く話そうと思っていた。雄太も父に会って、挨拶をしたいと言ってくれている。雄太のことは、きっと気にいってくれるという自信があった。たまま、父が出た慶早大学の経済学部の学生でもある。きっと共通の話題もあるに違いない。

でも話せていない。ただ、それは父が不快な顔をするから、といった多くの娘たちが感じている気まずさとは違っていた。最近の父には、そんな話をする隙がない。それは時間的な余裕ではない、と文香は感じていた。これは、きっと娘に対する心の構え方の問題なのだ。いったいどうしてしまったのだろう。何に、こんなにも心を奪われているのだろう。

文香は、じっと自分のメッセージと既読という文字を見つめ続けていた。

「文香、どうしたの。急に、浮かない顔して」

「大丈夫。なんだか、お腹がすいてきたよ。カレーライスが食べたいな。野菜たっぷりのやつ」

文香は、そう言うと、できるだけの笑顔を作って菜々美に向けた。

15

スマートフォンが小刻みの振動を繰り返している。花島由佳は、手提げ鞄の中から左の手のひらに伝わった感触を受け止めると、慌てて立ち止まった。

大きく傾いた夕方の日差しが丸の内のビル街の窓をセピア色に染める。ビルの隙間を流れる風は、春の訪れを実感させるには、まだ冷たすぎた。花島由佳は、淡いピンクの薄手のスプリングコートを着ていたが、まだチェックの厚手のマフラーを首に巻いたままだった。

花島由佳は、スマホのディスプレイを確認する。ＡＧ住永フィナンシャルグループ広報部長の寺田俊介だ。

花島由佳は、電話を取ると「もしもし、花島です」と話しながら、目の前にあった複合ビルの入り口に足を向けた。ビルの1階は、ブランド物のブティックや高級チョコレートが人気の洋菓子店が入っている。エントランスのスペースは広く、隅の方であれば、電話で話すには好都合だ。

「寺田です。今、少しお時間よろしいでしょうか。例の件について回答させて下さい」

寺田の低くよく通る声が、花島由佳の耳に届く。いつものように落ち着き払っていた。

花島由佳が寺田に確認を求めたのは、ＡＧ住永銀行が、顧客を沖永産業に紹介、アパート建設が成約した場合に、10％を超える手数料を取り、顧客にそのことを説明していなかったという問題だ。

企業向けの融資が、低金利と設備投資の低迷で停滞する中、リテール部門で収益をかさ上げしようとして無理なビジネスを進めた結果ではないかと花島由佳は考えていた。

銀行が紹介手数料を取ることそのものは違法行為ではない。ただ、顧客に説明がないことは、メガバンクの信頼を損ねる行為だと思えた。何より、金融担当相の富永平太が、この件に関心を持っていることが、花島由佳の取材意欲を掻き立てていた。

新聞社時代には、新たなファクトを提示する特ダネこそが、記者としての目標だった。ただ、ネットメディアに転職してからは、常識は簡単に覆った。閲覧数を稼ぐことこそが、すべてだった。

ただ単純に、読者が興味を持ちそうな人物名やキーワードをちりばめれば、閲覧数を稼げるという流れでもなくなりつつあった。読者の興味や関心、いや感情を動かすファクトや切り口が求められていた。

このニュースは、うまく論点を整理して記事にすれば、注目されるネタだと考えていた。法令違反がない以上、大手新聞やテレビは、このニュースをキャッチしても先陣を切ってニュースに仕立てるのは難しいだろう。大手新聞やテレビは、批判や反発に弱い。過剰ともいえるコンプライアンスへの意識が、正式に公表された事実以外を報じることを躊躇させていた。それが広告主でもあるメガバンクを批判するネタとなれば、なおさらだ。

しかし、ネットメディアなら、工夫次第でうまくニュースにすることができる。

1週間以内に返答がほしいと寺田には、伝えていた。時間的な余裕を与えたのは、新聞やテレビが先陣を切ってニュースにすることはないだろうという見通しだけでなく、花島由佳なりの計算もあった。

「まず、公式な回答をお話しします。個別の取引についてはコメントできない、ということでご理解下さい」

「『個別の取引についてはコメントできない』ですと、否定はしていないとも受け取れますが」

「肯定もしていませんがね……」

寺田が、そう言うと、軽い笑い声を立てたような空気が、電話越しに伝わってきた。

「記事になさるおつもりですか」

「はい。そのつもりで取材を続けています。記事にしたら訴訟でも起こしますか」

花島由佳は、少し強い口調で答え、寺田の反応をうかがった。

「そうですね。私と花島さんの信頼関係に基づいて、オフレコでコメントさせてもらいましょう」

「ええ……」

花島由佳は、寺田の想定外の言葉に、戸惑いの中に期待を感じ始めた。

「これは広報部長としてではなく、私、個人の意見だとお考え下さい。花島さんがご自分のリスクで記事を書くぶんには、私としては致し方ないと思うしかありません」

短い、沈黙が流れた後、花島由佳が口を開いた。

「では、事実であることは、認めるわけですね」

「あくまでも個人的な感想です。花島さんがご自分の取材に基づいて記事を書くのはご自由だということです」

花島由佳は、バランスの取れた両目を見開いた。記事が書ける——。確実な手応えが伝わってきた。

ＡＧ住永銀行で、個人向け取引を取り扱うリテール部門を仕切っているのは、旧住永銀行のラインだ。旧ＡＧと旧住永との行内対立の余波で、ネタが転がり落ちる可能性に期待をかけ、寺田に返答までに時間的な余裕を与えたことが功を奏したのだろうか。

ただ、花島由佳には違和感もあった。寺田の対応は、リークに近い。慎重で手堅い寺田が、なぜこんな思い切った対応をするのか。しかし、ネタを摑んだ手応えと高揚感が、そんな寺田への疑問を封じ込め、思考の外へと押し流した。

16

「なんで、こんな記事が出るんだ。これは、すべて広報部の責任だぞ」

リテール営業管理部長の是永陽介の声が、電話口から寺田俊介の耳に届いた。

「お約束通り、取材には個別案件については答えられないとコメントしました。何なら提訴するとニュース・インサイトを脅す手もありますが」

「君の責任で何か手立てを考えてくれ、これは営業妨害の名誉毀損だ」

是永のささくれ立った声が攻撃性を強めるにつれて、寺田の心は冷たく冴えていった。

「ただし、後々、報道の内容が真実だと分かった時には、こちらがもちませんがね。その点は大丈夫でしょうか」

寺田の卓上のパソコンの大きな画面には、花島由佳が書いたニュース・インサイトの記事が映し出されていた。

「アパートローン仲介で荒稼ぎ、AG住永銀行の強欲」

記事の見出しは、Yahoo！JAPANのトピックスでも上位にランクされ、記事は瞬く間にネット空間で拡散されていた。おそらく数十万単位のページビューを稼いでいるだろう。

記事がアップされたのは今朝の8時ちょうど。

9時半から開かれた閣議後の記者会見で、金融担当相の富永平太が、花島由佳の記事を受けて「事実だとしたら、大変に残念だ。事実関係をしっかり調べたい」と発言したことが伝わると、花島由佳の記事の参照数は、さらに拡大していた。

記事を出すタイミングと、大臣の記者会見での発言は、一連の流れで仕掛けられていたのだろうと寺田は考えていた。ニュースのインパクトを大きくする筋書きは、いかにも花島由佳らしいやり方だった。

記事では、AG住永が、顧客の富裕層にアパートの経営を働きかけ、10％の手数料を稼ぐ構図が、詳細に描き出されていた。顧客の一人は、実名で取引の様子を説明していた。

沖永産業からも十分な情報が提供されていることが感じられ、顧客も含めて詳細に裏付けが取られた記事だった。

沖永産業会長の矢代幸作が、花島由佳の情報源なのは間違いなさそうだ。寺田は、そう考えていた。

記事の最後は、「**ＡＧ住永フィナンシャルグループ広報部は『個別の取引についてはコメントできない』としている**」と締めくくられている。

ここまでは、すべて寺田の計算通りだ。そして、沖永産業の信用力を低下させ、ＡＧ住永銀行との関係にくさびを打ち込み、七星不動産との合併にこぎつけたい沖永産業会長の矢代幸作の思惑通りに進んでいた。

しかし、ここから寺田が描くシナリオは、矢代の思惑とはまったく異なったゴールを見据えている。

寺田は、是永からの電話が一方的に切られたことを確認すると受話器を置いた。

そして卓上に置いたスマートフォンを取り上げ、インデックスから朝読新聞編集委員の赤川武の電話番号を検索した。そして、心を落ち着けるように、軽く呼吸を整えた。

しかし、寺田が赤川の番号のコールボタンを押そうとしたその時、寺田のスマホに着信があった。相手は、妻の彩音だった。

彩音が寺田のスマホに電話をかけてくるのは、まれだった。寺田は、反射的に彩音からの電話を取った。

「どうした」

寺田の口からは、意図した以上に尖った声音が出ていた。

「文香が、フィリピンでけがをしたのよ」

寺田の脳裏に、娘の文香がマニラに研修に行っていたことが、急に思い起こされた。

「具合は？」

「頭や腕を打って一時的に意識を失っていたらしいんだけど、たいしたことはなかったみたい。2日か3日、病院で休んでいれば、大丈夫だって」

「文香は、どうしたんだ」

「バイクに乗った強盗に鞄をひったくられた時に、転んだんだって。私がフィリピンまで迎えに行こうかと思ったんだけど、『けがは大したことないから、最後までボランティアを続けたい』って文香が言うのよ。友達の神田《かんだ》菜々美さんが一緒だし大丈夫だって。だから……」

寺田は、妻の彩音の言葉をさえぎった。

「君がマニラまで行って、文香をすぐに連れて帰ってきてくれ」

「でも、文香はフィリピンの貧しい地域の人たちのことを知って……」

「いいから、連れて帰ってくるんだ」

寺田の声が、さらに硬質な響きを帯びた。

「なら、あなたが文香に連絡して、ちゃんと日本に帰るように言ってよ」

彩音の声音も強くなった。寺田は、彩音とやり取りを続けることに苛立ちを感じ始めた。そして、彩音の言葉が、文香からフィリピンに行く前に届いたメッセージに返事すらしていないことも寺田に思い出させた。そのことが、寺田をますます面倒な気分にさせた。

「今日、帰ってから話そう」

「何時に帰るの？　どうせ遅いんでしょう」

彩音の声は、さらに刺々しくなった。

「そんなものは分からない。とにかく帰ってから話す」

寺田は、そう言って、電話を切った。

寺田は、すぐに、あらためて赤川の電話番号を呼び出した。そして、躊躇なく赤川の電話をコールした。

「先日、うかがった沖永産業の件で、一つご報告したいことがあります」

「ほう。竜崎さんには、よう話してくれた、いうことやな」

赤川の口調は、軽くおどけた調子だ。ただ、とぼけた声音を出しながら、相手に緊張感を強いてくる。

「ええ。ありがとうございました」

「わしの話も、ちったあ、役に立ったやろう」

「はい。深く感謝をしております。それで、沖永産業の経営状況について、お耳に入れておきたいと思いまして」

「何か一面に載せられそうなネタでも教えてくれるんかいな」

赤川は少し粘り気のある調子で軽口をたたいた。

「ええ。沖永産業は近く、経営破綻します」

「……。何やて。今、何ていうたんや」

赤川の声音が変化した。獲物を追うハンターのような獰猛な何かが、宿った。沖永産業は、東証一部上場の大手不動産会社だ。大手企業の経営破綻のスクープは記者なら誰もが手にしたいトップ級のネタだ。赤川のような生ニュースにこだわり続けるベテラン記者には、大きな勲章となる。そのことを寺田は十分に理解していた。

「沖永産業は会社更生法を申請して、経営破綻します」

「どういうこっちゃ。わしが今まで聞いとる話と、かなり違っとるで」

赤川は、今度は寺田を試すように疑念を露わにした。

「おそらくそうでしょう。今から、私が知っている事実をすべてお話ししたいのですが、それには2つ条件があります」

「何や」

「一つは記事を書くタイミングを調整させて頂きたいということです」

「もう一つは」

「はい。この情報を沖永産業サイドに確認する際には、尾山社長にお願いしたいということです」

メインバンクからもたらされる企業の経営情報には、高い確度がある。特に経営危機の際には、資金繰りをつなぎ、命運を握っているのはメインバンクだ。それだけに、マスメディアが記事を書く場合、メインバンクの確かな情報源からのネタは、そのまま報道するケースすらある。むろん、日本一のメガバンクの広報部長である寺田の言葉は、最も高い確度のある情報だと位置づけられる。

ただ、沖永産業のような大企業が経営破綻する記事を書くには、沖永産業側の責任ある人物から裏付けを取る必要があると考えるのが、報道の常識だ。むろん、沖永産業の誰に情報を確認するのかは本来、記者の判断であり、赤川の自由だ。寺田が、ネタを確認する相手を指定するのは、そもそも筋違いの要求だった。

「尾山社長以外の幹部には、ネタをあてるな言うことか」

「ええ」

「要は、会長の矢代さんには何にも言うな。そう言いたいんやな」

赤川は、ストレートな言葉を寺田に投げかけた。赤川は矢代と昵懇の関係にある。本来なら沖永産業の経営問題は、矢代にネタの真偽を確認したいはずだ。ただ、寺田はそのことが分かっていて、あえて矢代に確認しないように求めたのだ。その一方で、会社更生法を申請するかどうかの真偽を確認するのに、会社のすべての責任を持つ代表取締役社長の尾山は、最も妥当な人物の一人であることも揺るぎない筋道と言えた。

「そういうことです」

寺田も赤川の言葉を真正面から受け止めた。短い沈黙が流れた。赤川は、寺田の考えの背景に思考をめぐらせているはずだ。矢代とのこれまでの関係を重視すべきか、それとも寺田からの提案を飲むべきか——。

おそらく、赤川と矢代の間には長期間に蓄積した信頼関係があるのだろう。しかし、寺田の提案には、赤川が是が非でもほしいスクープという確実な果実がある。

もし、寺田との約束を破って、赤川がこの段階で、会社更生法申請の計画を矢代に話せば、状況は大きく変化する。場合によっては、会社更生法を申請するというシナリオが崩れてしまうかも知れない。赤川に資金繰り表を漏らしたのは、おそらく矢代だろう。矢代の狙いは、資金繰り表を赤川に漏らし、沖永産業とメインバンクのAG住永銀行を追い詰めることにあった。不採算部門を整理するリストラ策では事態が収まらず、信用補完が必要な状況へと陥れる。そして一気に七星不動産への吸収合併を尾山社長、いやその背後にあるＡＧ住永銀行に飲ませる戦略だ。寺田は、それを逆手に取った。

赤川が、矢代から計画の全貌をどこまで知らされているのかは定かではない。しかし、七星不動産との経営統合の絵図までは知らされていないだろうと寺田は感じていた。それは、赤川とのやり取りからかぎ取った広報マンとしての勘だった。

会社更生法申請というスクープが目の前にちらつけば、赤川は必ず寺田の提案を受け入れる。それが、赤川にとっての合理性のはずだ。寺田は、そう計算していた。

もう一歩だ。あと少しで、状況は寺田の描いたシナリオへと転がり出す。

「半分ぐらいは、読めたような気がするわ。ええやないか。こういうのは嫌いやないで」

赤川の声から、ふっと緊張感が抜けた。そして言葉を継いだ。

「ほな、その条件で握ろうか。あと他社が書きそうになったら必ず、わしに教えてくれ。わしからの、お願いはそれだけや」

「はい。それは必ず。お約束します」

「まあ、カネとネタを操れば、大企業を葬ることができる。要は、そういうことやな」

寺田が答えずにいると、赤川が話を続けた。

「寺田さん、あんた、ちょっと面白なったな。野心を持つのは、ええこっちゃ」

「そうですか」

寺田は確かな手ごたえを感じながら、短く答えた。

「わしは今日から、寺田さんを応援することに決めたで」

「ありがとうございます」

寺田はスマホを握ったまま、軽く姿勢を整えた。

「どんだけ役に立つかは、分からんけどな。ただな、気ぃ付けや。わしもいろんな銀行幹部を見てきたんや。あんたの選んだ道はいばらの道や。なかなか厳しいで。よくよく注意して歩くことやな」

赤川は電話口で、そう言うと、軽く笑い声を立てた。

17

沖永産業、会社更生法申請へ　負債総額、1兆3千億円に
リーマン以降、最大の破綻　アパートローン事業の損失響く

沖永産業が近く、会社更生法を申請、経営破綻することが24日、明らかになった。負債総額は1兆3千億円で、リーマン・ショック以降、最大の経営破綻となる。沖永産業は、富裕層の相続対策需要を取り込むアパートローン・ビジネスを急拡大したが
……

朝読新聞の一面トップに、黒地に白抜きの見出しが躍ったのは、寺田と赤川が電話で話してから3日後のことだった。

朝読新聞の報道は、ネットメディアを通じて瞬時に拡散、他の新聞やテレビも後追い報道をしたことで、あっという間に既成事実化された。

資材納入業者などの取引先は、沖永産業とのビジネスから手を引き、あらゆる取引関係が滞った。会長の矢代幸作は、信用補完に手を尽くした。AG住永フィナンシャルグループの竜崎太一郎にも支援要請をしたが、もはや後の祭りだ。

矢代が画策した七星不動産との合併の話も雲散霧消した。沖永産業の再建に向けた更生計画は、東京地裁の管轄で実施されることになる。会社更生法の申請で、沖永産業のこれまでの借金などの債務関係は、大半が棒引きされる。買い手にとっては、むしろ安い買い物になるのだ。七星不動産にとっても沖永産業を現状のままで吸収合併するより、裁判所の管轄で、債権債務関係をきれいに整理した後で、スポンサーになった方が、得策だった。マンション管理部門など優良な事業を、安価に入手できる可能性が高まるのだ。むろん、他のスポンサー候補と競うことになるが、類似部門を持ち、沖永不動産の内部事情にも通じた七星不動産が最有力スポンサー候補となることは明らかだった。

これは、会長の矢代にとっては悪夢だった。会社更生法を申請すれば、現経営陣は経営責任を取って総退陣するのが、原則だ。社長の尾山信彦だけでなく、会長の矢代も経営責任を負うことになる。矢代の描いたシナリオは完全に崩れた。

もちろん、不採算部門を切り離し、自力再建することを目指していたAG住永銀行にとっても、ベストシナリオではない。3000億円に上る融資の無担保部分は、大半は焦げ付き、返済不能となる。銀行にとって、大口融資先の破綻は、収益にも大きなダメージを与える。

ただ、AG住永銀行は、すでに貸倒引当金を積んで、沖永産業向けの融資が焦げ付いた場合に備えていた。銀行は、経営不振の融資先が破綻して、融資が返済不能になった場合に備えて、引当金を積んでおくことがルールになっている。そのためAG住永銀行は、沖永産業が経営破綻しても、決算の下方修正に追い込まれることはない。つまり、沖永産業の破綻は想定の範囲内であり、AG住永銀行の収益や財務に、なんらダメージを与えることはないのだ。

ただ、沖永産業を担当する営業第二部に、会社更生法の申請についての連絡はなく、部内には衝撃が走っていた。

朝読新聞が、沖永産業の経営破綻を報じたことが分かった早朝、営業第二部次長の蓑田慎吾から寺田に電話があった。寺田は自宅のリビングのソファーに座って、蓑田の電話を受けた。

「寺田さんは、沖永が会社更生法を申請することをご存知だったんですか」

蓑田の野太い声が、今日はずいぶんと乾いていた。

「さあ、どうだろうな」

寺田は、冷えた声音で答えた。

「これ、営業部もまったく知らない話ですよ」

「そうか」

「これ、まさか寺田さんが仕掛けたんじゃないですよね」

「どういう意味だ」

「僕が、寺田さんに沖永産業の再建計画のドラフトをメールで送りましたよね。あのペーパーには、営業部と沖永産業で検討しているメインシナリオである分社化による再建策に加えて、危機管理用に、会社更生法の申請が記されていました。まさか、あれを朝読新聞に……」

「それは、どうだろうな」

「いったい、どういうことですか。沖永産業には多くの従業員がいるんですよ。企業は銀行のパワーゲームのおもちゃじゃありません。僕は必死で沖永産業の再建を考えてきたんです。しっかり生き残れるコアビジネスと一生懸命働く従業員がいる会社なんです。こんなの銀行員としてやってられませんよ」

蓑田の声音には、感情の揺れが滲んでいた。そして蓑田の真っ直ぐな怒りが寺田に向けられていた。

「この程度のことで、やってられないなら銀行を辞めればいい。銀行には君の代わりなんて掃いて捨てるほどいるんだ」

寺田の声は、冷え切った鋼鉄のように響いた。

「えっ……」

しばらく黙ったままだった蓑田の口から、わずかな声音が漏れた。

「君は、この銀行で生き残りたいのか」

蓑田は、しばらく黙ったままだった。寺田が言葉を継いだ。

「余計なことは、何も考えるな。ましてや、誰にも何もしゃべるんじゃない。これは、AG住永フィナンシャルグループの意思決定だ。君が口を挟む問題じゃない」

寺田の声からは、情感が消え失せていた。そこには、かつて蓑田が、会ったことがない寺田がいた。

「はい……。分かりました……」

蓑田の声からは血の気が失せ、あらゆる感覚が作動を止めた。まるで機械が読み上げるように、抑揚を失った言葉が蓑田の口から、吐き出された。

18

沖永産業が経営破綻した1ヵ月後、ゴールデンウイークがスタートする直前の4月末。AG住永フィナンシャルグループ広報部長の寺田俊介は、社長の竜崎太一郎からの急な呼び出しを受けた。社長室に入った寺田は、いつものように深々と頭を下げた。

寺田は、竜崎から呼び出しを受けた際には、考えられるすべての案件の資料を集め、あらゆる質問に答えられるよう状況を整理してから、面談に臨んできた。しかし、この日は、急に呼び出される案件が、想像できないまま、社長室に出向いていた。

「まあ、座りなさい」

竜崎は、執務机で、パソコンのモニターに目をやったまま、寺田に声を掛けた。寺田が、さっとソファーに腰かけると、竜崎も立ち上がり、ゆっくりとソファーに座った。いつものように本革がきしむ音が響いた。

「君に、異動してもらう」

寺田は、竜崎の言葉に、息を飲んだ。竜崎の声音はランチのメニューでも頼むかのように淡々としていた。執行役員の担当は2年続ける慣行だった。急な異動は、寺田の想定外だった。

「行き先は、ＡＧ住永情報システムの専務だ。総務と財務を統括してもらう。おめでとう」

竜崎の言葉は、あまりに現実感が乏しく、寺田は状況が飲み込めなかった。ＡＧ住永情報システムは、グループのコンピューターシステムの管理やメンテナンスを担う１００％出資子会社だ。

ＡＧ住永銀行の執行役員クラスの人事異動の内示で、グループ内に激震が走っていた。執行役員リテール営業管理部長の是永陽介は、ＡＧ住永リースの副社長への転出が決まっていた。沖永産業のアパートローンの顧客紹介で、10％もの仲介手数料を顧客に告げないまま確保していた問題で、金融庁の調査が入ったことが人事異動に影響した。金融庁の調査は、まだ継続していたが、早期に是永に詰め腹を切らせることで、金融庁やマスコミの追及をかわし、事態を早急に鎮静化させる狙いがあった。

そして、竜崎は是永の後任のリテール管理部長に竜崎に近いＡＧ銀行出身者を起用することを決めていた。中小企業や個人向けの営業は合併当初から旧住永銀行の牙城だった。リテール部門の主要ポストを確保、フィナンシャルグループ全体への影響力を拡大することは、竜崎の戦略に合致するものだった。

さらに、グループ内に驚きを与えたのが、執行役員経営企画部長の唐沢伸二が、東京《とうきょう》明興《めいこう》不動産の副社長に転出する人事だった。東京明興不動産は、ＡＧ住永銀行と緊密な関係がある中堅の不動産会社だった。業績は順調に拡大しており、経営は堅実だった。

将来の社長候補として衆目の一致するところだった唐沢の転出は、グループ内の秩序に変化が生まれていることを示していた。グループ内では、竜崎と唐沢の関係の悪さを指摘する見方が支配的だった。人事の慣行を破って、大胆に人事を進め始める竜崎は、これまでにも増して、銀行員たちの畏怖の対象となりつつあった。

銀行の人事は、社長を頂点にきれいなピラミッド形を描く。50歳前後から徐々に、肩たたきが進み、グループ会社や取引先へと転出する。肩たたきにあった段階で、銀行内での出世競争は終わる。グループ会社や取引先での地位は、銀行内での最終ポストに連動する。いくらグループ会社や取引先で実績を挙げても、最終ポストによって決まったコースが変化することはない。同じ銀行出身者がグループ企業や取引先にいた場合、どんなことがあっても銀行での最終ポストの上下が逆転することはない。大切なのは、銀行内で、部長で終わったのか、執行役員で終わったのか、常務で終わったのか、という最終ポストの肩書だ。

あとは銀行の看板を背負ったまま、大人しく黙って日々を過ごすしか道はない。それが銀行の人事システムであり、秩序だ。

寺田の視界から、あらゆる色が抜け落ちた。窓の外の空も、敷き詰められた毛足の長い絨毯も、そしてサイドボードの上の写真や賞状、緑の葉を伸ばした観葉植物、鮮やかな色を放つ胡蝶蘭……。すべてが白黒に転じた。目の前の竜崎の存在すらも、ぼんやりとかすみ始めた。

寺田の転出先の格は、同じ執行役員だったにもかかわらず、唐沢や是永よりワンランク下だった。しかもポストも、2人が副社長なのに、寺田だけが専務だった。

寺田の銀行員人生は何の前触れもなく、終わりを告げたのだ。

「君に、もう少し、話しておくことがある」

竜崎の言葉が聞こえたが、寺田は言葉が発せられないまま、目線だけを竜崎に向けた。

竜崎は、何の感情もこもっていない眼差しを寺田に向けた。

「君に一つの可能性を示しておきたい」

「可能性……、ですか……」

本来、銀行の人事でグループ会社や取引先企業に転出した銀行員に、可能性などない。

「君には、AG住永情報システム専務としての仕事以外に、私のために働いてもらいたい」

茫然としたままの寺田に、竜崎が言葉を続けた。

「引き続き、マスコミのコントロールと情報収集をお願いしたい。そのために君に、特別の予算を与える。私とは週に1度、情報交換をする機会を設ける。もちろん、この建物の外に場所を確保する」

「はい」

寺田は、ようやく竜崎に返事をした。

「君が十分な成果を挙げれば1年で、銀行本体に復帰してもらい、持ち株会社のポストも与える」

寺田の全身に血が激しく巡り始めた。そして身体に、力が戻ってきた。しかし、寺田は、再び回転し始めた頭脳で、考え始めていた。竜崎の任期が、慣行に従って6年で終わるなら、1年後の人事を主導するのは、後任のトップだ。グループ会社に転出した寺田を銀行本体や持ち株会社に戻す異例の人事など実施されるはずがない。

竜崎の約束が果たされる可能性は、ただ一つだ。それは、竜崎が任期を延ばして7年目以降もトップに座り続ける場合以外に考えられなかった。

竜崎の言葉は、竜崎の長期政権作りに向けて、メディアコントロールと情報収集で貢献しろという意味だと考えられた。

そして、寺田の銀行員人生の一切は、竜崎の手中に収められることになった。

第一部

1

ＡＧ住永《すみなが》フィナンシャルグループの相談役室は、丸《まる》の内《うち》の本社ビルの25階に広めのリビングルームほどのスペースが確保されている。24階にある社長室のちょうど真上に位置し、広さも執務机、テーブル、ソファーなどの調度品のレベルも社長室と同じ水準になっていた。

分単位のアポイントが続き、来客が絶えない社長室に比べれば、相談役室を訪れる人は少ない。しかし、その密度の希薄さにもかかわらず、部屋は威厳と重みに包まれ、訪れる者に予断を許さない緊張感を与えた。

部屋の窓は、西側に大きく開かれ、都心の景観を一望することができる。天気が良ければ、オレンジ色に染まる西日の中に浮かぶ富士山の黒い影を捉えることもできる。この日は、すでに10月も半ばを過ぎ、窓の外から差し込む傾いた日の光が、秋の気配を伝えていた。

今日は毎月セットされる相談役会の日だ。

相談役の栗山勇五郎《くりやまゆうごろう》は、小柄な身体をゆったりとソファーに預けていたが、資料に目を走らせる視線には、カミソリと称されたＡＧ銀行頭取時代と変わらない緊張感を湛えていた。

資料は、栗山が関心を持つテーマに重点を置きながら、直近の業績や計画された新規の施策が丁寧に書き込まれていた。相談役説明用に特別に作られる資料は、経営企画部で原案を作成、副社長の安井成之《やすいしげゆき》が丁寧にチェックした上で、社長の竜崎太一郎《りゅうざきたいちろう》も入念に目を通している。特に、人事関係は出身銀行や年次まで記した特別な様式で整えられ、栗山が見やすいように文字サイズも大きくしてあった。

栗山は仕立ての良いグレーのスーツに身を包んでいる。よく糊のきいたシャツに、光沢のあるストライプのネクタイが緩みなく締められていた。

相談役会といっても現在の相談役は栗山1人だ。説明にあたるのは、AG住永フィナンシャルグループ社長の竜崎、副社長の安井、AG住永銀行副頭取の関口直樹《せきぐちなおき》の3人だった。社長の竜崎以下、相談役室の栗山のところまで説明に上がる形式が取られている。これは、AG銀行時代以来の伝統だ。

直近の決算内容や、新たに打ち出した施策などは竜崎が、融資先企業の動向などは、副頭取の関口が説明した。

黙って説明を聞いていた栗山は、左手で持っていた書類をテーブルにゆっくりと置き、老眼鏡を外すと書類の上に、放り投げた。銀縁のメガネのフレームが書類に当たる乾いた音が、不穏な空気を呼び起こす。

大きく見開かれた栗山の目は、まっすぐに社長の竜崎に向けられた。

「尾山《おやま》君は、ロンドンの現地法人の会長になったそうだな。9月からか。この書類には載っていないようだが」

「はい。フィナンシャルグループが出資する欧州法人の子会社の人事となりまして、尾山会長には、代表権もありませんので、この書類には……」

上目遣いで栗山の表情をうかがっていた人事担当の副社長である安井が、あわてて説明を始めた。すると栗山が、面倒くさそうに左手を大きく振って、安井の説明を遮った。栗山の目線は、竜崎に向けられたまま微動だにしない。

「そんなことは、聞いていない」

栗山は、さらに言葉を継いだ。

「尾山君は、沖永《おきなが》産業を潰した張本人だろう。そもそも尾山君が業績拡大のために、無理なアパート建設に取り組んだのが致命傷になった。なぜ、会社を破綻させた男が、処遇されるんだ」

沖永産業が会社更生法を申請したのは今年の3月。ちょうど7ヵ月ほど前だ。負債総額は1兆円を超え、リーマン・ショック以降、日本企業では最大の倒産となった。その沖永産業で社長を担っていたのが、元AG銀行専務の尾山信彦《のぶひこ》だった。

「尾山君は、AG銀行の専務まで務めました。それに相応しい処遇をするのが、AG銀行の習わしだと先輩の皆様から教わってまいりました」

竜崎は、淡々とした口調で説明した。栗山の言葉の含意も視線の厳しさも、まるで意に介さないような振る舞いを竜崎は崩さない。

「尾山君は、就任早々、パリや、ウィーン、それからバルセロナ。出張でヨーロッパ中を飛び回っているそうだな。まさか、物見遊山ってわけでもあるまいな」

栗山が、その気になれば、グループ内の社員たちの行動など、瞬時に把握することができる。グループ内の要所に、栗山の息のかかった幹部が配置されていた。

「ロンドンの会長は、人脈の維持と形成が重要な役割です。欧州中の顧客とのパイプをさっそく構築してくれているのでしょう。頼もしい限りです」

竜崎は、栗山に軽く目線を合わせると何食わぬ顔で、言った。

尾山は、次長としてロンドン駐在を経験しており、グループ内でも欧州通を自任していた。ロンドン子会社の会長は、尾山にとって願ってもないポストだった。実質的な仕事は、すべて子会社の社長以下が担っており、会長は高い給与と交際費を与えられた楽隠居のようなポストだった。そもそも、現地に進出した日本企業だけでなく、現地企業向けにも、最新の金融技術を駆使したサービスを提供せねばならず、尾山のように長く国際金融業務から離れていた人間には、仕事の内容も、よく理解できないのが実情だった。

そもそも、部下たちからしても、会長は、無駄な口出しなどせず、美食に観光、音楽や絵画鑑賞を楽しんでもらっていた方が、よほどありがたがられるのだ。

「論功行賞ってわけか」

栗山は、そう言うと、左の口の端を歪めた。

元AG銀行副頭取で、沖永産業会長だった矢代幸作《やしろこうさく》の描いた沖永産業の再建シナリオは、名門の七星《ななほし》不動産への吸収合併だった。矢代は、沖永産業の資金繰りの危機を、朝読《あさよみ》新聞の編集委員、赤川武《あかがわたけし》に漏らし、AG住永銀行主導で描いたリストラによる再建策を揺さぶり、潰そうとした。それを逆手に取られて、危機シナリオとして用意されていた会社更生法の申請が、マスコミに書かれ、沖永産業は一気に会社更生法の申請へと追い込まれた。会長の矢代も責任を取って身を引いた。マスコミの取材に対して、会社更生法申請への流れを作ったのが、社長の尾山であることを矢代も栗山も把握していた。そして、栗山は、その背後に、竜崎の影を見ていたのだ。

栗山に連なる矢代の力を削ぐために、竜崎が沖永産業を破綻させ、七星不動産との合併を潰した——。栗山には、そう見えていたのだ。

そして、竜崎のシナリオに沿って、役割を果たした尾山には、美味しい飴をしゃぶらせた。

破綻企業の社長だった尾山は、東京では何かと過ごしづらい。半年ほど、ほとぼりを冷ました上で、ロンドンで過ごすなら、気兼ねなく羽を伸ばせる。そうとしか栗山には受け取れなかった。

さらに、AG住永銀行が、相続対策を考えている富裕層の顧客に沖永産業のアパート建設を紹介、10%の仲介手数料を取っていたことも発覚。10%もの仲介手数料の件が顧客に説明されていなかったことがマスコミや金融庁に問題視された。

この件も、沖永産業の会社更生法の申請によって、AG住永銀行がメインバンクとして3000億円も借金棒引きを迫られ、焦げ付きが発生する中、手数料問題でAG住永銀行の責任を追及するマスコミの報道や金融庁の追及姿勢も緩んだ。さらに、第三者委員会の調査が進む中、責任を取る形で、AG住永銀行の担当役員が更迭されたことで、問題の焦点はぼやけ、マスコミの関心も薄れていった。

手数料問題で竜崎の経営責任を迫り、社長としてのパワーを削ごうとした矢代の画策も、いつの間にか勢いを失っていたのだ。

肉を切らせて骨を断つ。竜崎は、捨て身の戦略で、栗山や矢代に打撃を与えた。栗山は一連の流れをそう解釈していたのだ。

「昔から人のAGと称されてきたではありませんか。相談役を始めとする諸先輩方が積み上げたAG銀行の伝統、慣習をしっかりと踏襲させて頂き、銀行員として功績のあった方を安定的に処遇することが、わがグループの未来を拓くために肝要かと考えております」

竜崎の声音は、さらに落ち着きを増し、低く響いた。むろん、栗山とて、一度、発令された人事が撤回されることのないことなど承知している。

しかし、栗山の言葉に顔色一つ変えない竜崎に、栗山の感情を抑える蓋が、勢いよく開いた。

これまで名前を意識したこともなく眼中にもなかった広報部長の寺田《てらだ》俊介《しゅんすけ》の更迭を求めただけで、まるで相打ちのように、栗山が目をかけて育ててきた経営企画部長の唐沢《からさわ》伸二《しんじ》が、いとも簡単に取引先企業に放出された。

側近の矢代は、沖永産業の会長を追われ、七星不動産の副会長に就く構想も水泡に帰した。

竜崎が支配するＡＧ住永フィナンシャルグループの世話になどなりたくないと意地を張った矢代は、今や、欧州系の中堅の資産運用会社の顧問として糊口をしのいでいる。

栗山は、ＡＧ銀行の頭取についてから、あらゆる考えや感情を周囲の人間から常に推し量られてきた。竜崎は、栗山が作り上げてきた小宇宙を土足で踏みにじる破壊者にほかならない。栗山は、全身を駆け巡る不快な感情の波動を、なんとか押さえつけ、すべてを竜崎への視線に込めた。

「まあ、いいだろう。僕は少しばかり心配になっただけだ。人事の慣行と秩序をきちんと守ってくれるなら文句はない。君の手腕を信頼している」

竜崎はＡＧ住永の慣行を破って6年の任期を超えてトップを続けるつもりだ――。猛獣のように研ぎ澄まされた栗山の権力への執着が、竜崎の本音をはっきりと捉えていた。

2

「ぼんじり、追加で2本、お願いね」

小笠原浩平《おがさわらこうへい》の上機嫌な声は、店の喧噪にかき消されそうだった。「はい。ぼんじり2本」という店中に響き渡る職人の野太い返事で、注文が通ったことが分かった。

店の中は、炭火で鶏肉を焼き上げる煙で充満している。蛍光灯の光は、薄汚れた壁や、安っぽいテーブルの質感まで、露わにした。赤ら顔の男たちが小さなテーブルと、カウンター席に詰め込まれている。串に刺された鶏の様々な部位は、店の大将の指で、焼け具合が巧みに確認され、絶妙のタイミングで、クルクルと回される。透明なアクリル板でカウンター席と隔てられた対面のスペースに、炭火であぶられる焼き鳥が所狭しと、並んでいた。

「なあ、寺田。これで十分に楽しいよな。気楽だし。毎日さ、神経すり減らして銀行で仕事しているより、よっぽどいいよな」

すでに、ビールの大ジョッキと、焼酎のお湯割り数杯で、赤ら顔になった小笠原は、ゆっくりとした口調で話した。軽く赤みを帯びた炭が発する熱と香りが、鶏肉が仕上がっていく匂いと混ざり合う。

「そうですね」

寺田俊介も、軽く笑顔をつくって答えた。寺田が、ＡＧ住永情報システム専務に異動して、半年が過ぎようとしていた。

「俺さ。息子も去年就職したし、来年には娘も大学出るからさ。もう、肩の荷を下ろしていいって思うんだよ。もう、女房と2人だし、後は、のんびりやらせてもらっても、誰にも文句を言われないよな」

小笠原は、そう言うと透明な耐熱グラスに、並々と注がれた焼酎のお湯割りの中に割箸を入れ、梅干しをほぐした。そして、焼酎をぐっと口に含んだ。

「ええ。そうですね。僕も今、一人娘が大学2年生ですから、もうすぐ肩の荷を下ろせます」

「そうか、寺田もそうか。もう十分、頑張ったよな。銀行員なんてさ、みんな偉そうな顔したってさ、結局は、ちょぼちょぼじゃん。大して、変わんないよな。みんな、似たようなもんだよ」

小笠原は、ＡＧ銀行で2年入行が先輩で、現在は、ＡＧ住永情報システムの常務だ。小笠原は、主に大企業向けの融資を扱う部署でキャリアを積み、システム関係のセクションの部長職で銀行でのキャリアを3年前に終えた。ＡＧ銀行の行員の出世としては中の上クラスだと言える。ＡＧ住永情報システムでは、後輩の寺田が、上席の専務のポストに就いている。同期で、５人程度しか昇格しない執行役員のポストまで昇格した寺田の方が、部長で終わった小笠原よりも処遇されるのは銀行人事では常識だ。さらに小笠原より年次が3年から5年上で、次長級のポストで銀行員を終えた３人の先輩行員が平の取締役のポストに就いている。ＡＧ住永フィナンシャルグループは社長の竜崎太一郎を頂点としたピラミッド形の組織だ。しかし、ＡＧ住永情報システムは、それを逆さまにした逆ピラミッド形の組織だ。グループ会社や取引先企業に、こうした逆ピラミッド形の組織が無数に存在している。

終身雇用制と年功序列を維持しようと考えれば、出世が止まった銀行員を送り込む場所が必要になる。本体のピラミッドを美しく構築するためには、周辺には、不格好な逆ピラミッドが不可欠なのだ。

「寺田も、うちに来て半年か。だいたい分かっただろう。この会社が、どんな会社で、何をすればいいのか」

寺田は、黙ったまま、軽く頷いた。

「たまに勘違いしてくる奴がいるんだよな。『俺が、この会社の収益力を高めてみせる』なんてな。取締役なんて名刺もらうと、経営者気どりになる奴がいるんだけど、アホだよな。ここでは、特別に一生懸命やる仕事は何もない。持ち株会社や銀行の要求に従って淡々と事務処理をするだけだ。だから、能力を発揮する仕事なんてない。そんなこと、求められちゃいない。ただただ、大人しくしているのが仕事だ」

営業部にいたころの小笠原は、人のよい好人物とされていた。広報部時代に寺田も何度か接点を持ったが、温厚な態度に悪い印象は残っていない。

「そうですね。のんびりが、一番です」

「寺田さ。俺たち、ちょぼちょぼじゃん。みんな同じようなもんだよな」

寺田に同意を求める小笠原の目には、行き場のない想いが宿る。

一般的には、メガバンクで執行役員まで出世した寺田は、エリートとみなされるだろう。多くの銀行員は、みな役員になることを目標に据える。1000人を超える同期入行の中で、数人しか就けない執行役員のポストに就いた寺田は、その目標を達成した。ある意味、勝ち組だ。しかし、子会社でのポストは代表権のある専務と常務の差があるが、やっている仕事に、さしてやりがいがないという意味では、寺田と小笠原の間に大差はない。給料も寺田の方が多少高いだけだ。ちょぼちょぼと言われれば、確かにその通りかも知れない。

「だいたい、銀行の人事なんて、適当っていうのかさ。いろんな差別もあるしさ」

「ええ。まあ……、そうかも知れませんね」

寺田は、語尾に曖昧さを残しながらも、小笠原の言葉を肯定した。

「これは、寺田だから言うけどさ。うちの銀行さ、学歴差別がひどいじゃん。東大出じゃないと人でないみたいなさ。こんなんだったら、住永に入行しておいた方が、良かったんじゃないかって思うこともあるんだよ。ほんと時々だけどさ。ついつい、そう思っちゃうことがあるわけよ。分かるだろう。俺が言いたいこと。寺田ならさ。分かるよな」

「ええ……」

寺田の返事は、ますます曖昧になった。

もちろん寺田には、小笠原の言いたいことは分かっていた。関東系の銀行である旧AG銀行は、役員以上の大半は東京大学の出身者が占め、その他の大学の出身者が役員になるのは、なかなか難しい。一方で、合併相手の旧住永銀行は関西系で、京都大学や大阪大学出身の役員も多数いる。京大や阪大出身でトップの座に就いたケースも決して少なくない。

小笠原は、AG銀行にしては珍しい大阪大の出身だ。もし、住永に入行していれば、学歴で差別されることはなく、役員のポストに就けた可能性があったのではないかと、小笠原は言いたいのだ。

AG銀行と住永銀行の合併は、不良債権問題に悩まされた住永をAGが救済する形で、実施されたものだ。社長を筆頭に、経営企画や財務、人事、大企業向け融資などの主要ラインのポストはAG銀行出身者に割り振られている。しかし、個人向けビジネスは住永のラインが仕切っている上、役員のポストも、それなりの数が住永の出身者にも渡されていた。

確かに学歴の面で言えば、救済された側の住永に入行していた方が、小笠原にとっては、出世の切符を手にする可能性は高かったのかも知れない。

「そういう意味じゃあさ。寺田は、本当に輝ける星だよな。なんといっても私立大学卒で執行役員だからさ。いや、本当にそう思うよ。凄いよな」

「いえ、そんなことありません。たまたまですよ」

「そう。それが大事だ。たまたま、なんだよな。そう、そのたまたま、が人生を左右するんだよ。なんか、深いっていうか、不思議っていうかさ」

酔いが深まるにつれ、小笠原の胸の底に沈んでいた澱《おり》が、あふれ出ようとしていた。

「そうですね。運みたいなもんですよ」

寺田も、ビールと焼酎を、かなり飲んでいたが、頭の芯は、どんどん醒めていった。

AG銀行では、行員を人事評価する際に三百六十度評価を採用していた。人事部は、上司だけでなく、同僚や部下、関係する他のセクションや取引先にまで、その人の仕事の評価を多角的に求める。例えば、部下や同僚からの評価が高いのに、上司だけが低い評価をしていると、その上司の見る目がないか、恣意的な評価をしていると人事部から評価され、その上司の評価が下がるケースすらある。

自分の仕事の成果だけでなく、協調性や指導力、その人柄までもが多角的に評価の対象となる。そうやって三百六十度で実施された銀行員の評価が、人事部では経年で蓄積されているのだ。ある意味、若手から中堅までの人事評価は、一定の透明性や公平性が保たれているると言える。

しかし、ポストが上がるにつれ、その評価には、政治性、恣意性が高まる。たまたま、就いていたポストや、運よく引き上げてくれる上司に恵まれたかどうかが、銀行員の出世を左右するのも、また事実だった。

「そうそう、運だよね。たまたまと運だよな。今日は、酔っぱらったから聞いちゃうけどさ。寺田は、なんで竜崎社長に気に入られたの」

「いえいえ。とんでもないですよ。本当に、たまたまと運だけです」

「また、そんなことないだろう。私立大出で役員になれたんだからさ」

小笠原の言葉に、小さな毒が混じり始めた。

「でもさ、これは俺が思っているんじゃないんだけどさ。竜崎社長も、好き嫌いが激し過ぎだよな。みんな、そう言っているよ。あのエリート気取りだった唐沢も飛ばされたし。あれ、何があったのかな？」

銀行員の上司批判はご法度だ。たとえ、それが気軽な酒の席でも許されない。ただ、もはや、これ以上の出世ののぞみがない小笠原は、そうした銀行員を律するくびきからも自由になっていた。問題でも起こさない限り人事的なペナルティが与えられることはない。もう、小笠原の処遇は上にも下にも動かないのだ。酔っぱらって、社長の悪口を言う自由ぐらいは許されている。

「いえ。私にはとても、社長の考えてらっしゃることなんてわかりません」

寺田には、社長の竜崎と相談役の栗山のさや当てで、自分と唐沢の人事が、相打ちのように実施された構図が、見えていた。むろん、そんな説明が竜崎からあったわけではない。ただ、行内に立ち込める空気から、それを察していた。

「何だよ。つまんない返事だな。寺田はさ、執行役員広報部長だったんだから、竜崎社長とも、しょっちゅう顔を合わせていたんだろう。少なくとも、半年前まではさ」

寺田の感情をえぐるように、小笠原の言葉の切っ先は徐々に鋭くなった。小笠原が求めていることは、寺田から、もっと惨めな言葉が漏れることなのだ。たまたま運よく、執行役員になれたけど、1年で放り出されたことを嘆く言葉。結局は、部長で終わった小笠原と大して変わりはなかった。銀行員人生なんて、所詮はちょぼちょぼ。僕たちは、結局は同じ穴の貉《むじな》。エリートのつもりでいたけれど、結局は惨めなサラリーマン。社長の胸三寸で、どうにでも使い回される駒に過ぎない。一流大学を出て、胸を張って銀行に入った自分は、その辺のサラリーマンとは違うとプライドを持っていた。しかし、いつのまにか夢は薄汚れ、自信は砕かれた。我慢と忍耐、そして何かから自分を守る術ばかりを磨いていた――。

小笠原は、寺田に、そんな風に全身で悲哀を示すことを求めていたのだ。寺田から、惨めさ、情けなさが滲まなければ滲まないほど、小笠原の言葉の毒は、強くなり、切っ先は鋭さを増すのだ。

その時、寺田の胸ポケットで、スマホが振動した。ＳＦ映画のサントラが原曲の威勢のいいリズムが伝わる。

竜崎社長だ――。寺田の頭は瞬時に切り替わる。

「小笠原さん。ちょっとすいません。電話です」

寺田は、そう言うとカウンター席から立ち上がり、店の外に出た。路地裏の通りは、飲み屋が軒を連ね、酔客の声が騒々しい。寺田は、右手でスマホをすっぽり包み、できるだけ口を近づけた。

「今から、来られるか。話がある」

スマホから竜崎の声が響いた。

「はい。15分で、うかがいます」

社長の竜崎との会話は、数秒で終わった。時間は午後8時半を少し回ったところだ。

小笠原とは6時前から飲み始めたので、2時間半は付き合ったことになる。

「すいません。なんだか妻が、風邪みたいで、今日は、早く引き上げさせてもらいます」

寺田は席に戻ると、そう言った。

「そうか、仕事なんてどうでもいいからな。これからは、女房を大事にしないとな」

小笠原は、少し物足らなそうな顔を浮かべながら、そう言った。この後は、小笠原のお気に入りのママがいるスナックに行くのが、お決まりのコースだ。寺田は、たまに付き合うだけだが、小笠原は毎週のように通っている。

このスナックの領収書が、いつも小笠原から寺田に回ってくる。社内での決裁は寺田だが、最後は、持ち株会社の経理がチェックしている。その経費の支出の是非は、AG情報システムの財務責任者の寺田にはできない。決裁権限は、あくまで銀行グループなのだ。つまり、この程度の小笠原のお遊びは、銀行グループも許容しているのだ。

勘定を頼んだ後、小笠原が寺田を見た。その目には、鋭さがこもっていた。

「寺田さ。お前、まだ捨ててないな。目が生きてる」

「そんなことありませんよ。のんびりやらせてもらっています」

「俺には分かる。寺田。何を狙っているんだ」

「誤解ですよ。誤解……」

寺田は、軽くいなすようにそう言うと、割り勘になるように、千円札を数枚、カウンターの上に置いた。寺田の首筋に冷たいものが走った。そうだ、ここは銀行員の墓場なのだ。やりがいも、競争も野心もすべてが奪われた後に押し込まれた場所だ。希望や欲を抑え込んで、生活の糧を得る。そんな墓場では、ほんのわずかでも生気を発してはいけないのだ。

3

六本木のガルブレーホテルは、外資系の最高級ホテルだ。そのスイートルームのソファーに、AG住永フィナンシャルグループ社長の竜崎太一郎が悠然とした態度で座っていた。

「まあ、座れ」

竜崎は、そう言うと水割りのグラスを軽く傾け、寺田にも一杯、飲むように勧めた。

竜崎は、平日はこの部屋で寝泊まりすることが多く、このホテルのスイートルームが定宿になっている。寺田は週に1度は、この部屋に通い、マスメディアの動向や必要な情報を竜崎の耳に入れていた。子会社の専務が頻繁に社長室に通うのは目立ちすぎる。グループ内でどんな噂が立つかわからない。そこで、竜崎の隠し部屋ともいえるこのスイートルームが、竜崎と寺田の密談の場所になっていた。

寺田は、新聞社やテレビ局、週刊誌の記者に至るまで情報感度の高い腕のいい記者たちとの情報交換を続けていた。さらに、有力マスコミの経営や社内状況も把握できるように、旧知のマスコミ幹部たちとも会食を繰り返し、情報収集を積み重ねていた。

広報部長を務めていたころは立場上、各マスコミとある程度は平等に付き合う必要があった。しかし、裏広報のような立場になると、筋の良い記者やマスコミ関係者らとだけ付き合える分、効率が良いと感じるようになっていた。

しかも、腕の立つ記者ほど、多様な情報源を持ちたがる。元広報部長で、関連会社の専務を務める寺田は、記者たちから秘密めいた独自の情報源と感じられ、重宝された。しかも、竜崎との頻繁な対話のお陰で、グループ内外の動静についての深い情報や分析を記者たちに提供することができた。情報は、交換することで深まりをみせる。寺田は広報部長時代よりも、グループをめぐる動静を深く把握できるようになっていた。

この半年の間、寺田が収集した情報や分析で、竜崎に報告する内容には事欠かなかった。

金融界では、さほど大きな動きはなかったが、他のメガバンクや金融庁の動静など竜崎が関心を持つネタは多々あった。

「頂戴します」

寺田は、竜崎が注いだウィスキーの香りを鼻に入れながら、軽く口に含んだ。焼き鳥屋でのビールと焼酎の酔いは、一瞬で消え去っていた。竜崎は、スーツの上着とネクタイこそ外していたが、緩んだ態度を見せることはなく、社長室にいる時と変わらない空気をまとっていた。いや、むしろ今日は、いつもとは違う切れ味の鋭い硬質の糸が部屋中に張り巡らされていた。

「今日の本題だ。村川《むらかわ》ホールディングスと経営統合することに決めた」

寺田の全身に一気に血が巡った。そして、大きく見開かれた目が、竜崎に向けられた。

「はい」

寺田は、自分の声に緊張が滲んでいるのを感じながら、ようやく一言だけ返事をした。

村川ホールディングスは、国内トップの村川証券を傘下に持つ証券グループだ。抜群の株式の販売力だけでなく、企業の新規株式発行などで資金調達を担う法人取引でも圧倒的な力を誇る。M&A（企業の合併・買収）の仲介業務でも、高いシェアを誇り、株式や債券の運用力もトップクラスの実力を持っていた。

ＡＧ住永フィナンシャルグループも、旧ＡＧ銀行、旧住永銀行はともに証券子会社を持っていた。銀行と証券の業務の垣根が下がり、相互参入が可能になった際、証券子会社が設立されたからだ。またＡＧ住永は、経営危機に陥った英大手のヨークランド証券に出資した際に、ヨークランドの日本法人と証券子会社を再編、ＡＧ住永ヨークランド証券が誕生した。ヨークランドのグローバルなネットワークとＡＧ住永が融資で培った大企業とのパイプを活用して、業績はそれなりに拡大していた。しかし、ガリバーと称される村川証券の背中は遠く、存在感でも収益力でも、追いつけていないのが現状だった。

ＡＧ住永にとって、証券ビジネスの競争力強化は長年の宿願だったのだ。村川ホールディングスとの経営統合が実現すれば、ＡＧ住永が融資を通じて蓄積した企業とのパイプと、村川証券が持つ株や投資信託などの金融商品の販売力、証券ビジネスのノウハウが結びつく。これで飛躍的な収益力拡大が見込めるのは、寺田にも容易に想像がついた。日本市場だけでなく、アジア地域を軸にグローバルに戦える金融グループが誕生することになる。

「村川ホールディングスの立野《たての》社長と、ここ1年間、何度も話し合って合意に至った。君が座っている椅子には、昨晩、立野社長が座っていたんだ」

驚きと緊張を隠せないままの寺田の様子を楽しむかのように、竜崎は、左頬を緩め、薄笑みを浮かべた。寺田は立野と面識はなかったが、立野は国際経験が豊富な敏腕証券マンとして金融界では知られた存在だ。そして、竜崎は、そのまま言葉を継いだ。

「うちと村川ホールディングスの持ち株会社を合併させて、傘下の村川証券とＡＧ住永ヨークランド証券を合併する。証券子会社については経営権を事実上、すべて村川に渡す。持ち株会社の役員比率は両社半々。持ち株会社の会長に立野社長が、社長には私が就く。傘下の証券会社の名前は村川証券、持ち株会社の名前は、両社の名前とは関係のない新しい名前を付ける……。まあ、主な合意事項は、そんなところだ」

そう言うと、竜崎は、鞄の中から一枚の紙を取り出し、寺田に手渡した。

「昨日、2人で、即席で作った覚書だ」

覚書と題された文書には、今、竜崎が話した内容が、項目ごとに記されていた。一番下には、立野修造《しゅうぞう》、竜崎太一郎という2人の自筆の署名が記されている。統合比率については資産査定を検討する。という一文は、竜崎が説明しなかった部分だ。寺田は、文書の内容を一言一句、忘れないように心に刻み付けた。

「拝見しました」

寺田は立ち上がって、両手で竜崎に覚書の文書を返した。

寺田の頭が冷静に回転を始めた。AG住永と村川の経営統合は、内外のマスコミで大きく報じられ、世界中の注目を浴びる。そして市場にも歓迎され、両社の株価は大きく伸びるはずだ。メガバンクと証券の両雄が手を組むことはスケールの拡大だけでなく、統合効果が見込め、収益を押し上げる絵図が描けるからだ。

しかし、問題は両社の主導権争いだ。10万人近い社員と1兆円の利益水準を誇るAG住永は、社員数でも利益でも、村川の3倍を超えるスケールだ。まず、村川側が、AG住永に経営の主導権を握られることを警戒すると考えるのが自然だ。だからこそ、竜崎は、経営統合の条件で村川側に配慮したのだろう。

しかし、今、竜崎が示した合意内容では、特に持ち株会社の役員数が半々という点を軸に、不自然なほど、村川側に譲り過ぎている。しかも、新しくできる持ち株会社の名前も、両社の現社名と関係ない名前にするとなると、ＡＧ住永側に不満が残る。まずは経営統合ありきで、竜崎が村川の立野に、甘い誘い水をかけた――。竜崎の真意はともかく、寺田には、そう感じられた。

「３ヵ月で、詳細を詰めて、最終合意に達し、発表に持ち込む。それまで、情報管理を徹底する。うかつにマスコミに報じられることなど絶対にあってはならない。そこで、君にはマスコミに感づかれていないか、徹底的にチェックしてほしい」

竜崎は、黒縁メガネの奥の両目を、一直線に寺田に向けた。

「はい。承りました」

寺田は、居住まいを正して、答えた。そして言葉を続けた。

「質問させて頂いても、よろしいでしょうか」

竜崎は、軽く首を縦に振った。そして軽く喉を湿らせるかのように、ウィスキーの水割りが入ったグラスに悠然と口を付けた。アルコールが強い竜崎は、酒を飲んでも、まったく顔色が変わらない。

「わがグループ内で、この話を知っているのは、どなたでしょうか」

マスコミへの情報管理を徹底するためには、まず身内で、情報を知っている人間を特定しておかなければならない。

「副社長の安井と常務の成川《なりかわ》、経営企画部長の縣《あがた》には、今日の午前中に話した。早急に村川側と機密保持契約を結び、資産査定に入るように指示した。無論、全員に徹底した機密保持を命じた。経営企画ラインと、外部の弁護士、公認会計士も含めたプロジェクトチームが今週中に立ち上がる。それから、今日の夕方、柳川《やながわ》会長にも説明しておいた」

会長の柳川栄三《えいぞう》は、旧住永銀行の出身だ。温厚な人柄で、竜崎とは懇意の関係だ。竜崎は、役員数などで旧住永にも配慮し、旧住永出身者の役員人事は、柳川にすべて任せていた。ただ、グループの経営方針については、柳川は完全に竜崎の言いなりだった。

そして、寺田に向けられた竜崎の目線が、さらに強くなった。そこには、まるでお前が聞きたい内容など、分かっているというニュアンスが込められていた。

「栗山相談役にはタイミングをみて伝える。金融庁には、詳細が詰まってから報告するつもりだ」

今年の7月から常務に昇格した成川忠行《ただゆき》は、東大数学科の出身で、銀行員としては変わり種だが、グループのデジタル戦略を主導しており、フィンテックと呼ばれる金融のデジタル化に伴って、存在感を増していた。今夏の人事で経営企画を任されたことは、デジタル化が経営の柱に据えられることを示す人事としてマスコミでも注目されていた。

そして将来のトップ候補とされた唐沢伸二が、グループと関係の深い東京明興《とうきょうめいこう》不動産副社長に転出した後には、縣雄介《ゆうすけ》が起用されていた。

縣は、若手の時代から竜崎の懐刀と称され経営企画畑を歩んだエリートだが、唐沢から

3年も年次が下だったため、異例の大抜擢として話題を呼んだ。

しかし、今回の村川ホールディングスとの経営統合を踏まえて考えれば、経営統合の実務を、意のままに動く縣に任せたいという竜崎の真の狙いが浮かび上がってくる。相談役の栗山勇五郎の色が付いた唐沢を外し、経営統合の実務を完璧に掌握したいという竜崎の冷徹な計算が感じられた。

成川は、金融のデジタル化の取材などで、マスコミと接点はあったが、謹厳実直で、うかつにマスコミにネタを漏らすタイプではない。縣も執行役員経営企画部長になってからは、マスコミのオフレコの取材が入っているが、「まったく面白みがない」と、寺田の旧知の記者たちからの評判は決して良くない。逆に言えば縣は、マスコミへのサービス精神も、評判を高めたいという野心もない。つまり、情報漏れのリスクも、ほぼないタイプだ。縣は、そもそも石橋を叩いて渡る性格だ。その点が竜崎にも評価されている。それに、実務の責任者から、戦略的な意図のない形で、当該の情報がマスコミに漏れることは、まずない。これは長年、銀行広報を務めた寺田の経験則でもあった。

副社長の安井は、人事や経営企画に加えて広報も担当していることから、マスコミとの接点は多い。昼間のオフレコ取材だけでなく、記者と会食する機会もある。自宅に記者が取材に来る夜討ち、朝駆けも受ける。その際の応対は丁寧で、一定のサービス精神もあるが、うっかりしゃべり過ぎることはない。夜討ち朝駆けでの記者からの質問内容まで丁寧に広報に報告するようなタイプだった。取材や会食の際には、これまで寺田など広報の同席を求め、常に慎重な対応を心掛けていた。

安井はマスコミを使って、状況を操作するような野心は、持っていない。竜崎のような剛腕の下で、慎重な振る舞いに徹していた。

懸念材料があるとすれば、安井が相談役の栗山勇五郎と近い関係にあることだ。安井が栗山に内々に報告した場合、マスコミに漏れるリスクが考えられた。竜崎の案では、「村川に譲り過ぎだ」と栗山が反発する可能性もある。その場合、栗山が何をするのか、寺田にも想像ができなかった。

少なくとも、竜崎が話す前に、栗山が、この経営統合の話を知ることは、大きな火種になる。そのことが分からない安井ではない。そう考えると、安井が栗山に漏らすリスクも、そう大きくないように寺田には感じられた。

一方の村川側は、どうだろう。株式を扱うビジネスをしている証券会社の方が、銀行よりも、情報の機密保持に厳格だ。融資を通じて、企業に対して、支配的な立場にある銀行と、新規株式発行などの仕事を競争して獲得している証券会社では、顧客の機密保持に対するハードルが違う。日頃のマスコミとの関係構築も、銀行が濃密な関係を作っているのと比べて証券会社はドライだ。むろん、ＡＧ住永の経営統合プロジェクトチームに参加する弁護士や公認会計士から情報が漏れることもまずない。

「それから、広報の瀬尾《せお》には明日、話すつもりだ」

竜崎は、淡々とした口調で付け加えた。寺田の胸に、奮い立つような高揚感が走る。そして神経は、ますます研ぎ澄まされた。竜崎は寺田の後任の広報部長の瀬尾明彦《あきひこ》より、1日早く、寺田に重大な情報を説明した。そこには竜崎からの強いメッセージが込められている。

寺田の脳裏に、瀬尾の取り澄ました顔が浮かぶ。手堅い男だが、つかみどころがない。寺田より2年入行年次が下で、営業部での着実な仕事ぶりには定評があった。

「承りました。相談役や金融庁にご説明になるタイミングについては私にもお知らせ下さい」

「分かった」

竜崎は、そう言うと、さらにウィスキーグラスに口を付けた。

「もう一点、気になる情報があります」

寺田は、竜崎の顔を見たまま言葉を継いだ。

「村川ホールディングスは、保有する証券化商品で、かなり巨額の含み損が出ているという話がありますが……」

「誰だ、そんな話をしたのは」

竜崎は、寺田の話を遮って、言葉を割り込ませた。そして左手に持っていたグラスをテーブルの上に、さっと戻した。

「ニュース・インサイトの花島《はなしま》記者です」

寺田は、そう答えながら、1ヵ月ほど前、花島由佳《ゆか》と会食した際に、彼女がふと漏らした言葉を思い出していた。

『村川ホールディングスが、数千億円規模の投資損失を出したと聞いたことがありますか。米系の証券会社が、インドネシアやタイ、マレーシアの企業の債券を組み込んで組成した金融商品を大量に購入していたらしいんですが……』

『いえ、聞いていませんね』

寺田は初耳で、花島に返せる情報は何もなかった。それ以上は、彼女も何も話さず、情報のやり取りは、それだけに過ぎない。わざわざ、竜崎に報告することもないと考え、その時は、竜崎の耳に入れていなかった。

ただ、花島由佳の話に具体性があったために、胸に引っ掛かっていたのだ。それに、花島由佳は、金融庁、特に金融担当相の富永平太《とみながへいた》と近い。仮に金融庁から得た情報だったとすると信憑性が高いのではないかと想像を巡らせたのだ。

その時、竜崎が寺田に向ける目線に、厳しさとともに、微かな苛立ちが滲んでいるように感じられた。

「その件は、触るな。君が記者と話をする時に、一切話題にするんじゃない。もちろん、花島記者と話す際もだ」

「はい、分かりました」

寺田は、条件反射のように間髪を容《い》れずに、そう答えた。

4

「うわ。エスカルゴって初めて食べたけど、こんなに美味しいんだ。文《ふみ》ちゃんも、早く、食べてみなよ」

雄太《ゆうた》は、涼し気な目元を見開きながら、無邪気な感嘆の声を上げた。いつも、バイト先の学習塾の給料日は、雄太が、ご馳走してくれることになっていた。三軒茶屋の裏通りにあるビストロは、決して高級店ではなかったが、学生がデートに使うには少し背伸びをした店だった。

「美味しいね。本当に」

雄太の楽しそうな顔を見ると、文香《ふみか》の胸に、ほんのりと温かい気持ちが染み渡る。エスカルゴの味も香りも、一段と引き立って感じられた。

「そうか。でも文ちゃんは、家族で、この店に来たことがあるんだったね」

エスカルゴを文香に勧めた自分を恥じるように雄太は、今度は軽い照れ笑いを浮かべた。

「実は、僕の就活の件なんだけど」

そう言うと、雄太は少し居住まいを正した。雄太は、よく就活の話をしてくれた。それは、文香のことを大切に考えている証のようにも感じられていた。

雄太は大学3年生だ。10月も半ばになれば、就活を意識せざるを得ない。来年の春には企業による採用についての広報活動が解禁され、事実上の選考がスタートする。

雄太は今夏のインターンシップでは、外資系の経営コンサルティング会社や商社で、それぞれ2週間ほど職場経験をしていた。名門の慶早《けいそう》大学経済学部で、成績はトップクラス。就職に強い金融論のゼミに所属し、フットサルのサークルでは、部長だ。高校時代には1年間、アメリカ留学もしていて英語も堪能だ。塾でも英語講師をしている。雄太なら多くの大企業から引く手あまただろうと文香は考えていた。

「実はメガバンクを考えてみようと思っているんだ」

「えっ、銀行?」

文香は思わず問い返した。銀行のビジネスが曲がり角を迎えていることは文香も知っていた。長引く経済の低迷を受けて、日本では、お金を借りてビジネスを拡大しようという企業が少なくなっている。企業も個人も、稼いだお金をせっせと銀行に預金する。こうして起こったカネ余りの結果、銀行はお金の借り手を探すのに苦労するようになった。貸出金利は下がり、利ザヤは縮小。銀行は、なかなか儲けられなくなった。そもそも、日本の金融システムは融資中心の間接金融に偏り過ぎて、成長の可能性のあるベンチャー企業などにリスクマネーが供給できなくなっている。さらに金融のデジタル化が進み、ビッグデータで信用状況が把握できるようになると、今の銀行の優位性が揺らぐ――。記者出身のゼミの担当教授から、そんな話を聞いた。父の仕事でもあり、気になって銀行経営を取り上げているネット上の記事なども調べてみた。最近では退職する中堅、若手の銀行員も多いようだ。そもそも学生の人気ランキングで常に上位だったメガバンクは急速に順位を落としていた。

「これだけ世界の変化が激しくなれば、終身雇用なんて、そのうち完全に壊れ去る。これからは一生面倒をみてくれる安泰な会社なんて、どこにもない。だから、僕はまず、しっかり稼ぐ力を付けたい。せっかく大学で金融論を勉強したし、企業に融資をする信用創造の仕組みをしっかり実地で身に付けたいんだ。それに、メガバンクは厳しい組織で、日本的な年功序列で運営されている。それを敬遠する仲間も多いんだけど、僕は逆じゃないかと思って」

雄太は、いつものように淀みなく話した。

「逆って、どういうこと？」

思わず、文香は聞き返した。

「国ごとに文化があるように企業にも文化がある。日本にも、いろんな会社があって、様々な企業文化があると思う。だけど日本の大企業には共通する特質みたいなものがあると思うんだ。それは終身雇用、年功序列に支えられているもので、大卒の一括採用だって、たぶん、その一環だと思う。僕は日本で働いていくつもりだ。日本企業は生産性が低いとか、日本的な雇用慣行がイノベーションの創出を阻害しているとか、いろんな課題が指摘されているのは、よく知っている。でも、なぜ駄目なのか、本当に将来性がないのか、自分の目で見て感じたいんだ。だから最初に、もっとも日本的で、厳格な組織で働きたい。つまり、日本的な企業の強みも弱みも、肌感覚で知っておきたいんだ。そうすれば、強みを伸ばし、弱みを克服する方法を見つけることもできる。それに、そういう厳しい日本的な職場で、僕の力がどこまで通用するのか試してみたいんだ」

そこまで言うと、雄太は、バランスよく整った両目を輝かせ、綺麗に並んだ白い歯を少し見せながら、口元をさわやかに緩めた。

「実は今年の夏のインターンシップの後、ヘルドマン証券から、来ないかって誘いもあったんだ」

「そうだったの」

雄太が、あまりにあっさりと話すので、文香もあっけに取られた。ヘルドマン証券は米系の大手で、金融のことをよく知らない学生の間でも給与が高いことで有名だ。入社するのが大変な難関であることでも知られている。

「ヘルドマンだったら後からでも入れる気がするんだ。でもメガバンクは、基本は新卒一括採用だからね。入社するなら新卒の方がいいと思う。日本の企業社会を徹底的に経験してみたいんだ」

「もちろん、雄太さんが、やりたいようにやるべきだと思うよ」

雄太と交際を始めて1年近く経っていた。ただ、文香は、雄太の学年が1年上だということもあり、先輩として接していた出会ったころと同じように、「雄太さん」と呼び続けていた。

「文ちゃん、なんだか他人行儀だな……」

そう言うと、雄太はワイングラスに入った赤ワインを一気に3分の1ほど、ぐっとあおった。その後、慣れない手つきで、ワイングラスを回し始めた。

「あのさ……」

珍しく、雄太が言い淀んだ。

「うん。どうしたの」

文香は、雄太が何を話そうとしているのか分からなかった。

「文ちゃんのお父さんって、メガバンクの役員だよね」

「うん。っていうか、役員だったたって感じかな。今は子会社にいるみたい」

「子会社の情報システム会社の専務取締役だろう。代表権も持っている」

「なんだ、ちゃんと調べていたんだ」

文香は、軽くまぜっかえした。

「まあね。だって、ホームページにも出ているじゃん」

「そっか……」

「でも、メガバンクで役員をやって、１００%子会社の代表権を持った専務なんてすごいと思うよ。きっと責任を持って大きな仕事をされているんだと思う」

正直、文香には今、父の寺田俊介がどんな仕事をしているのか、まったく分からなかった。文香は、曖昧に笑みを浮かべるしかなかった。

「メガバンクのような巨大な企業で役員になるためには、きっと単に頭がいいとか仕事ができる、とかだけじゃなくて、リーダーシップとか、人間的な魅力とか優しさとか思いやりとか、そうした人として総合的な力量を持っている必要があると思うんだよ」

「そうなのかな……」

文香は、よく分からなくて、疑問の言葉が口をついた。

「だいたい映画やドラマじゃ、銀行幹部なんて冷徹で強欲な悪役として描かれることが多いけど、そんな単純なのって、逆にリアリティーを感じないんだよ。現実世界って、もっと複雑だと思うんだ」

そして、雄太は、快活な笑みを浮かべながら、さらに言葉を継いだ。

「だって、文ちゃんが、こんなにいい娘《こ》に育っているんだ。きっとすごく素敵なお父さんに違いないよ。僕は、そう確信できる。そういう人だから、メガバンクで役員になれたんだと思うんだ。そうじゃなきゃ、世の中、おかしいよ」

雄太は時折、臆面もなく、歯の浮くようなセリフを文香に言う。文香は、嬉しくもあったが、なんだか照れくさくなって、頬が熱くなるのを感じた。

きっと、雄太は自信があるのだ。自分も父の寺田俊介のようにメガバンクで出世できると思っている。企業社会で成功者になれるという確信を持っているのだ。確かに、雄太は誰にでも好かれて人望があった。友人も多く、フットサルでも雄太を中心にチームが回っているのが試合を見に行って文香にも分かった。月に1度は、障害のある子供たちと、対話するボランティアにも通って、中心的な役割を担っていた。

学習塾でも、分からない生徒には、時間も関係なく、アルバイト代など度外視して、理解できるまで丁寧に教えていた。時折、女子中学生が顔を赤らめていることすらあって、事務のアルバイトをしている文香がはらはらすることもある。ただ、そんな雄太に憧れる女子学生の気持ちを、さわやかに受け流し、勉強の指導と進路相談に熱心に乗っていた。

雄太は学生に人気があり、学習塾の塾長からも信頼が厚かった。

「金杉《かなすぎ》君みたいな人がうちに、ずっと居てくれたらいいのに。でも無理だよな……」

学習塾の塾長は、よくそんなことを文香にも話した。それは、きっと本音だろう。仕事ができて、人望があって、優しく思いやりのある人間こそがリーダーにふさわしい。きっと企業社会では、そんな人が企業や社会を引っ張っている。雄太の中で、素朴にそんな世界観が描かれているのだ。

「いや、でも、本当に、そんなことないよ。父は、何て言うか……」

文香は父と娘の間のすれ違いや、溝について、まだ雄太にきちんと話せていなかった。半年前のフィリピンでの研修で、文香が強盗に遭って頭に軽いけがを負った時、父はすぐに帰国するよう文香に命じた。しかし、文香は、貧民街の子供たちへの食糧支援のボランティアが続けたくて、マニラに残った。

父の言葉に文香が本気で逆らったのは、あの時が初めてだった。父は、これまで文香に自分の考えを押し付けたり、頭ごなしに命令するようなことはなかった。いつでも粘り強く文香の気持ちを聞いてくれた。そして、いつも文香の意志や気持ちを大切にしてくれていた。

日本に戻ってから父が、フィリピンでの件に触れることはなかった。ただ、それから父と娘の距離は、さらに開いた。2人の間には、当たり障りのない会話しかなくなっていた。今では父が何を考えているのか、文香には、ますます分からなくなっていた。

その時、ふと文香にあるアイディアが浮かんだ。そして、そのアイディアが、口をついて飛び出していた。

「雄太さん、うちの父に会ってみる？　きっと銀行の仕事の話も聞けるし、就活の参考になると思うから」

「えっ。本当、嬉しいな」

雄太の驚いた顔の中には、はにかみと素直な喜びが浮かんでいた。雄太を父に紹介すれば、それだけ、雄太との絆は深まる。雄太の表情をみていて、文香は、この思い付きに気分の高まりを感じ、少し胸がドキドキし始めていた。文香は前から早く、両親に雄太を紹介したいと思っていた。しかし、フィリピンの一件で、父と娘の関係がぎくしゃくして、それどころではなくなっていたのだ。そもそも文香は、雄太との交際を母の彩音《あやね》には話していたが、父には話すらしていなかった。

ただ、この胸の高まりの中には雄太との関係が深まることへの喜びだけではない別の何かがある。それは、父と娘の関係を修復するきっかけにしたいというのとも違う。雄太は、きっと文香が知らない父の側面を引き出してくれる。それは、文香には分からなくなってしまった父の何かだ。

「じゃあ、日程調整するね」

文香は、気分の高まりを誤魔化すように、ワイングラスの脚を持って、くるくると回し始めた。

「頼むよ。その日は、きちんとスーツを着てお目にかかった方がいいよね」

雄太は、半分おどけた表情を浮かべながら、緊張した面持ちで言った。

「別に、そんなのいいよ。娘さんをくださいとか、言いに来るわけじゃないんだし」

「じゃあ、ついでに、それも言っちゃうかな」

「もう、やめてよ、雄太さん。馬鹿みたい」

文香は、ますます頬を赤らめると雄太の顔を見られなくなって下を向いた。

5

「ムラカワ……」

寺田俊介は、さっと胸に緊張が走るのを感じた。こういう時には顔の色を消さなければいけない。

「いやですね。村川証券じゃなくて、村上翔太《むらかみしょうた》ですよ。経済産業大臣の。例の政府系投資ファンドの件で……」

ニュース・インサイトの記者、花島由佳は、話し終えると、ランチコースの最後に出されたカフェオレを口に運んだ。

「それとも、村川証券のことで何か情報がありますか」

花島由佳は、寺田の聞き間違いを逃さず、黒目がちな整った瞳で、覗き込むように寺田の顔を見た。花島由佳の視線には、探るような粘り気があった。

「いえ。別になにも、証券業界のことは、とんと不案内です」

寺田の言葉を聞いた花島由佳は、黙ったまま寺田の顔から視線をそらさない。

「やっぱり、村川証券の巨額損失の話が気になるんですよね……」

「私は、そんな話は耳にしたことはありませんけどね」

寺田は、そう言うと、花島由佳の視線を何気なく逸らした。

持ち株会社の広報部長の時代には、記者との面談には広報部長の応接室を利用することが多かった。しかし、AG住永情報システムに移ってからは、会社の応接室を使うわけにもいかない。記者が来訪したとあっては、いらぬ詮索を招くだけだ。

そのため、寺田が記者たちと情報交換をするのはランチか、夕食を共にしながらというやり方になっていた。

今日は、丸の内の商業ビルの高層階にあるイタリアンでのランチだ。寺田の目は再び、花島由佳の陶器のような頬や豊かな艶を湛えた黒髪に向く。時折、胸元からのぞく鎖骨が生み出す陰影が、滑らかな感触を伝えてくる。そして時折、いたずらっぽく光る瞳は、人を引き付けずにはおかない。

しかし、今の寺田は、花島由佳に何も感じてはいない。むしろ、そのことを奇妙にすら感じていた。年のせいだろうか。いや人一倍、体力も気力も漲《みなぎ》っている。それとは別の何かなのかも知れない。

寺田は、まだ広報の担当者だった時代に、民放の30代の女性記者と深い仲になったことがあった。今から十数年も前だ。彼女も既婚者だったが、構わず逢瀬を重ねた。ただ、特別に彼女にネタを流したことはなかった。彼女も、それを求めてはこなかった。

そうした仕事の関係とは違う何かが、2人を結びつけていた。少なくとも寺田は、そう感じていた。しかし、彼女が担当替えになったのを潮に、関係は突然、終わった。寺田は行き場のない空虚な気分に苦しんだ。ただ時の経過とともに、そうした気分も薄れていった。

実は5年ほど前に、同じテレビ局の若手の男性記者が、彼女がかつて金融担当で寺田と旧知だったことを聞きつけて、デスクになった彼女と寺田も交えた会食をセットした。無論、彼は2人のかつての関係を知る由もない。断るのも変だと思い寺田は、その会食の誘いを受けた。期待がなかったと言えば、嘘になる。彼女は相変わらず、魅力的だった。

その後、2人きりで一度、ディナーを共にした。いろんな話をした気がする。ただ、内容はすべて忘れてしまった。しかし、再び何かが始まることはなかった。もう一度、濃密な時間をやり直すことが億劫だったのだろうか。同じことが繰り返され、結局は終わる。再び、繰り返すことへの予感に、意味を見出せなかったのかも知れない。

寺田の感慨は、それ以上、深まることもなく、中途半端に途切れた。意識は再び、花島由佳との会話の内容へと戻った。少なくとも花島由佳がAG住永フィナンシャルグループと村川ホールディングスの経営統合について勘づいている様子はない。この金融界で、わずかな噂すらも漂っていない。そのことが寺田の気分を落ち着かせた。

「でも、寺田さんって、不思議ですよね」

花島由佳が、幻惑するような視線を向けてきた。そして、そのまま言葉を継いだ。

「銀行は、日本の企業の中でも、もっとも序列や役割が重視されますよね。個々の銀行員の仕事上の役割は詳細に整理されて、報告するラインも厳密に定められています」

「そうですね。おそらく、どこよりもそうでしょう。特に、うちのグループは」

寺田は、花島由佳の話の方向性に面倒なニュアンスを感じながら、当たり障りのない返事をした。

「それなのに、寺田さんは、まったく与えられていない仕事をしています」

「まあ、趣味みたいなもんですよ。記者のみなさんに、うちのグループへの正確な理解が深まればという感じでしょうか。それに、情報のやり取りをするのが好きなのかも知れません」

寺田は自嘲気味に答えた。

「組織と人の関係っていろいろですよね。記者の中には、会社より取材先の方を向いてしまう人もいます。政治家とか警察とか、官僚とか銀行の幹部とか。そういう人は組織の論理に染まれなくて、違和感から逃れられなくなります。もちろん、会社の中で出世競争に目覚める人もいれば、会社の片隅で燻《くすぶ》っている人もいます。辞めてフリーになったり、大学の先生に転じた人もいます。私みたいに新興メディアに転職する人間も最近では増えてきました」

「ええ、確かにそうですね」

「銀行でも同じように、腕が立つ人の中には、外資に移ったり、起業したりする人もいます。自分の能力を生かすために別の場所を探すのは、ある意味、自然だと思うんです」

「ええ」

寺田は短く相槌を打った。

「でも、寺田さんは、そういう方じゃない。つまり、どこまでいっても組織の人です」

「そうですかね」

「そうです。寺田さんは、組織の論理と秩序の中で、仕事をして力を発揮する方です。私は、そう思っています」

そう言うと、花島由佳は、バランスよく整った瞳にさらに力を込めて寺田に向けてきた。

「あまり褒められている気もしませんが」

寺田は内心の焦りを巧みに抑え込んで、何気ない調子で、そう答えた。

「もちろん、褒めても、貶《けな》してもいませんよ。私の感じたままです」

花島由佳は、ふっと目線をそらしたまま、言葉を継いだ。

「それなのに、なぜ、組織で与えられていない情報収集の仕事を続けているのか。しかも、寺田さんは、グループ内外の問題について、高い情報収集力を持ち続けている。ちょっと疑問を感じているんです」

花島由佳は、そう言うと再び、コーヒーカップを持ち上げて、ゆっくりと口に付けた。

「いえいえ。買い被りですよ。ちょっとした余興です」

花島由佳は、寺田の言葉を無視するように間髪を容れずに話を続けた。

「私の仮説をお話ししてもいいですか？」

花島由佳は再び寺田に視線を戻すと、挑戦的な笑みを浮かべた。

「仮説……。ですか？」

寺田は、急速に高まってくる警戒感を気取られないように、慎重に言葉を選んだ。

「ええ、仮説です」

寺田は、黙って花島由佳を見つめ、話の続きを促した。その時、軽い振動音が響いた。

花島由佳のスマホのようだ。

「ちょっと、すいません」

寺田は、顔の表情で、どうぞ話して下さいというポーズを取る。獲物のようにネタを追い続ける記者にとって、会食中であっても、すぐに電話を取るのは常識だ。

花島由佳は、スマホの画面を確認すると、寺島に黙礼した。そしてスマホの相手と話しながら、席を立ち、店のエントランスの方に、小走りに移動した。

花島由佳の言った「仮説」のことが気にかかりながらも、手持ち無沙汰になった寺田は、スマホを開くとメールなどのメッセージを確認した。

その中に気になる社内メールがあった。

「ご相談」というタイトルのメールの送り主は、寺田の後任の広報部長の瀬尾明彦だった。用件は近いうちに寺田とランチがしたい、というものだった。ことさら丁寧に記された文面は、かえって寺田に、嫌な予感をもたらした。

花島由佳は、すぐに席に戻ってきた。

「お話の途中で失礼しました。デスクからつまらない原稿の問い合わせでした」

そう謝罪すると、花島由佳は、軽く水を口に含んだ。

「そう、それで仮説というのは、何でしょうか」

寺田は、瀬尾のメールの内容に、引きずられた意識を、もう一度、花島由佳の話に戻した。

「寺田さんには一つの可能性が示されているんじゃないかっていうのが、私の仮説です」

「可能性……。ですか」

「そうです。ＡＧ住永フィナンシャルグループの組織人としての一つの可能性です」

花島由佳は、さらに挑発を続けるように悪戯っぽい表情を浮かべたまま、真っすぐに言葉を投げかけてきた。

「いえ。そんなことありませんよ。子会社に出された身ですから」

寺田の口から、まるで気の抜けたような言葉が、漏れた。ただ、それとは裏腹に、寺田の五感は活発に動き出していた。

一つの可能性を示す——。花島由佳の言葉は、寺田のセンサーに引っ掛かった。それは、社長の竜崎太一郎が使った言葉と同じだ。偶然だろうか。いや違う。竜崎と花島由佳は深く、コミュニケーションを取っているのだ。

6

秋晴れの青い空に食い込むように勇壮な山並みが連なる。山の緑が朝の光に映えていた。

手前に見える木々の中には時折、紅く色づいたものが混じる。そして眼前には、よく整備された芝の緑が、気持ちよく広がっていた。時折、ひやりとした秋の風が流れる。

背中がやや曲がった年老いた男が、ティーの上に乗った白いボールを見つめている。振り上げたドライバーは、身体可動域が狭いせいか、あまり上には上がらない。振り下ろされるスピードもゆっくりだ。腰の回転も、ぎこちない。カーン。大きな音ではない。しかし、ヘッドの芯が、確実に小さなボールを捉えた音が周囲に響いた。

「ナイスショット」

よく通る声を出したのは、矢代幸作だ。ＡＧ銀行副頭取を経て、沖永産業会長を務めた。しかし経営破綻の責任を負って会長を退き、今は欧州系の中堅の資産運用会社の顧問だ。

白いボールに、勢いはない。しかし、きれいな弧を描いて、真っすぐに飛ぶ。ゆっくりと緑のフェアウェイの真ん中に落ちたボールはのんびりと転がり、止まる。小さな白い点の姿が、芝生の真ん中に、はっきりと見えた。

「さすがですね。真ん中ですよ」

感嘆の声を出したのは、唐沢伸二だ。半年前まで、ＡＧ住永フィナンシャルグループの経営企画部長だった。今は融資先である東京明興不動産の副社長だ。

「素晴らしいです」

持ち株会社副社長の安井成之も声を上げた。安井は銀縁メガネの奥の、両目を大きく開き、両手で賞賛の拍手を栗山に送った。つられたように、矢代と唐沢も拍手を始めた。

「20年前なら、この2倍は飛んでいたんだがな」

ぼやきのような言葉が、しわがれた声音で発せられた。相談役の栗山勇五郎の頬は緩み、顔には満更でもない表情が浮かんでいた。


栃木県内でもトップクラスのゴルフ場は、クラブハウスもレンガ造りの勇壮な建物だ。昼食のレストランも眺めの良い優雅な空間だった。

「ビールを飲んだ方が、後半のラウンドのスコアは、たいがい良くなるんだ」

そういうと、栗山はジョッキを持ち上げて、ぐっとビールを飲んだ。分厚いトンカツが乗ったカツカレーも旨そうに口に入れた。ゴルフ談義が、一通り終わると、栗山が唐沢に目をやった。

「どうだ。東京明興不動産は」

「はい。なんとかやっております」

「まあ、辛いだろうな」

栗山の言葉は、行き場のない状況の唐沢には、救いのように響いた。

「はっ。はい……」

唐沢の顔が歪み、本音が滲んだ。

唐沢が東京明興不動産に移って半年が過ぎていた。ただ、この半年は副社長という社内ナンバー2の肩書が、虚飾であることを知る屈辱の日々だった。

会社に貢献したいと考えた唐沢は、余裕資金の運用を見直そうと、具体案を練った。着任してから2週間ほどして、その案を財務部長に相談した。唐沢は運用する投資信託などの金融商品のバランスをより合理的にリスク分散すべきだという案をまとめたつもりだった。

唐沢の説明を聞くにつれ、財務部長の顔色が曇り、徐々に戸惑いの色が濃くなった。

「副社長、申し訳ございませんが、わが社のことをよくご理解頂いた上で、ゆっくりとお仕事を進めて頂ければと思います」

そう話す財務部長の顔には、困惑の中に、不信感のようなものが滲んでいた。

それから2日後、唐沢は社長に呼び出された。社長は創業家の3代目で、40代。別の大手不動産会社で20年ほど勤めた経験を持っていた。アメリカの大学に留学していた上、欧米での豊富なビジネス経験を持っていた。この会社に入ったのは5年前で昨年、社長を継いだばかりだ。

「あまり飛ばさずに、ゆっくりと仕事に取り組んで下さい」

社長は満面の笑みを浮かべながら、諭すような口調で、唐沢に言った。

「はい……」

狐につままれたような顔をした唐沢に、社長が、ずばりと切り込んだ。

「われわれとしてもＡＧ住永銀行への配慮の方は、きちんとさせて頂きます。そう焦らないでください」

唐沢は、ようやく社長の言いたいことが読み取れた。財務部長は唐沢の提案を、ＡＧ住永フィナンシャルグループが組成した金融商品を買わせる仕掛けだと考えたのだ。つまり、唐沢が出身母体の金融グループを儲けさせ、ポイントを稼ぐために、資産運用を見直そうと言い出したと財務部長は受け止めていたのだ。そして困惑した末に、そのことを社長に報告したのだ。

無論、唐沢には、そんな意図は微塵もなかった。銀行を出された以上、最低でも給与分は、この会社に貢献したい。そう考えただけだった。

こんなこともあった。

近くについでがあった経営企画部時代の部下が、唐沢を訪ねてきた。特に仕事の用事があったわけではない。ただの表敬訪問だ。お茶を飲みながら30分ほど雑談をして帰っていった。それだけだった。

その日の夕方、財務部長が慌てた様子で唐沢のところにやってきた。

「副社長、誠に恐縮ですが、銀行の方とお話しになる際には、ぜひ、私も同席させて下さい。私が銀行との窓口の責任者をしておりますので」

財務部長の目には、唐沢に対する一段と深い困惑と疑念が滲んでいた。財務部長には、きっと唐沢と部下が、新たな取引の相談でもしていたと映ったのだろう。しかも、それが銀行の利益を考え、東京明興不動産にとってプラスにならない話だと思っていたのだ。

時間をかければいい。唐沢は、そう考えを切り替えた。これまで培った金融の知識を生かし、外部の人脈を活用して、なんとか会社に貢献する方法を考えた。そして、いくつかの提案書を書いた。唐沢にとっては、竜崎太一郎が統治するAG住永フィナンシャルグループに、もう居場所はない。退路を断って、東京明興不動産に貢献しようと腹を括ったつもりだった。

しかし、すべてが裏目に出た。銀行では同期トップのエリートとみなされ、銀行の頭脳である経営企画部で辣腕を振るい、執行役員経営企画部長まで務めた自分が、ここでは、役立たず、だった。唐沢が銀行員として蓄積した能力は、当てにされていない。それより何より、メインバンクのAG住永銀行自体が、融資先からまるで信頼されていないという現実を突きつけられたのだ。

そして先週、社長と財務部長が、唐沢に話があると言ってきた。

「AG住永銀行に、融資条件の変更をお願いできないかと考えております。ぜひ、副社長のお力を発揮して頂きたいです」

3代目の社長は、慇懃《いんぎん》にそう言った。

なるほど。唐沢が、何の役にも立たないなら、それも道理だ。唐沢に支払っている給与分ぐらいは、AG住永銀行は、金利を安くしろ。唐沢に、そのための交渉に立ち、給与分の貢献をしろというわけだ。

銀行から副社長を迎えろというのは先代の社長の遺言らしい。唐沢にも、徐々に、そのあたりの経緯が伝わってきた。

20年ほど前に経営危機に陥った際、資金繰りに窮し、銀行との関係の重要性が骨身にしみた先代は、どんなに業容が拡大し、順調に利益が伸びても、銀行から副社長を受け入れ続けた。銀行との関係は命綱。そう考えれば、ポストを与えることぐらい、安いものだ。先代は、そう考えていたらしい。

しかし、上場も果たした東京明興不動産は、株式や社債での資金調達も増えた上、準メインのあずさ銀行は、金利も含めてAG住永銀行より、わずかながら良い条件で、貸し出しを実行していた。

命綱を維持するために銀行から副社長を受け入れるという先代の考えが、海外経験が長い今の社長から見れば、古く、不合理に見えるのも当然だった。なぜなら、本音では唐沢ですらそう考えていたからだ。しかも、先代社長は3年前に亡くなっている。今、会社の実権は、完全に3代目の現社長が握っていた。

しかも、銀行は、保有していた融資先企業の株式を売却する方向に一段と舵を切っていた。ＡＧ住永銀行も、東京明興不動産株を段階的に売却、保有比率を大幅に引き下げていた。

メインバンクは、融資を通じて企業と深い関係を取り結んでいるため、メインバンクと経営陣は、言わば一体の関係だ。メインバンクは、経営陣にとっては仲間内といっていい。そのため両者は、馴れ合いの関係になり、銀行は、会社にとって都合のよい「物言わぬ株主」と化している。本来、株主は、会社の運営を託した経営陣を厳しく監視する立場でなければならない。株主による監視が甘ければ、経営の規律は緩み、企業の収益力向上も望めない。

こうしたガバナンスの観点からも融資先企業の株式を銀行が大量に保有していることには疑問符がついていた。

しかも、銀行が融資先の株式を大量に保有することは、株価が下落すると、銀行の資産内容が悪化するリスクにもつながる。

こうした理由を背景とした金融庁の指導もあって、銀行は融資先企業の株式を徐々に手放していた。

このことは、銀行と融資先企業の関係を変質させつつあった。企業にとって銀行はお金を貸してくれる相手であると同時に、常に経営陣を支援する安定株主だったのだ。株主としての関係が小さくなれば、企業の銀行への依存度は低下する。経営の健全度が高い企業なら、なおさらだ。

東京明興不動産にとって、ＡＧ住永銀行から、副社長を受け入れる合理性は、大幅に低下していた。

さらに、唐沢の報酬の問題も、社員たちの反感を煽っていた。

唐沢の給料は銀行員時代から比べれば2割下がっていた。ただ、その分はＡＧ住永から補塡されている。そんな給与面での厚遇も、この会社の社員からは怨嗟の対象になっていたのだ。

終身雇用、年功序列で形成された東京明興不動産というコミュニティーに、銀行から落下傘で副社長に降り立った唐沢は、単なる異分子に過ぎない。しかも、会社は唐沢伸二という個人の能力を求めたわけではない。もしもの時の命綱でしかないのだ。銀行が人選し、押し込んできた人間に過ぎない。唐沢は、何年経っても、何をやってもＡＧ住永の人でしかなく、唐沢伸二という個人として認識されることはないのだ。

俺は、人質なのだ。でなければ、ここは体のいい座敷牢だ。唐沢は、そう思うようになっていた。

おそらく、社長は、そろそろ副社長の受け入れを断ろうと考えているのだろう。このままいけば、唐沢は副社長として送り込まれた最後の人間になる。そのための道筋が徐々に

か。

敷かれているのだ。

そのことを持ち株会社社長の竜崎は十分に知った上で、唐沢を、送り込んだのだろうか。

ずいぶんと竜崎から嫌われたものだ。相談役の栗山と近いことが、裏目に出たのだろうか。こんなことなら、１００％出資子会社に出た同期の寺田俊介の方が、よほどやりやすいのではないか。唐沢は、そんな風にも考えていた。

「唐沢、いいか。僕は君をこのままにはしない。今は耐えろ。絶対に自棄《やけ》を起こすな。気持ちを押し殺して、常に頭を低くしろ。潮目は変わる。それまで、じっと待つんだ。いつまでも竜崎の時代が続くわけじゃない」

栗山は、そう言うと、ビールジョッキを再び持ち上げて、少し温《ぬる》くなったビールを飲み込む。栗山の皺が寄った喉仏が、大きく動いた。

「はい。ありがとうございます」

唐沢は、久しぶりに身体の中に、温かい血が通うのを感じた。自分の銀行員人生は終わったと思っていた。そして、新たな道でも挫折し、希望を失っていた。しかし、まだ銀行員としての命脈は断たれていなかったのだ。

「安井君」

栗山は、そういうと安井の顔を見た。

「はっ。はい」

安井は、実直なタイプで、中立的な仕事ぶりを通してきた。栗山とも近かったが、温厚で誠実な調整役に徹している。企画、人事を統括する副社長として竜崎にも重用されてきた。社内政治的には、栗山と竜崎の調整弁のような役割を果たしていた。安井はグループ内をまとめる潤滑油の役割を果たしていたのだ。

「竜崎は、何を企んでいるんだ」

栗山は、そう言うと、赤みがかった目を大きく見開き、まっすぐに安井を見た。驚いたような表情を浮かべた唐沢も、そして矢代も、安井の方を見た。３人の男たちの視線が安井の顔に注がれた。そして、安井の言葉を待った。

「いえ。それは、その……」

安井は、そう言い惑うと、眉間に皺を寄せ、銀縁メガネの奥から、上目遣いに栗山を見た。

そして困惑と恐縮が混ざった表情を浮かべたまま、黙り込んだ。

「まあ、いいだろう」

栗山は、そう言うと、安井をそれ以上、追及しなかった。

「どうやら、僕の勘も鈍ってないようだな。安井君」

安井は、軽く眉間に皺を寄せたまま栗山を見た。

「そういうところが、君のいいところだ。竜崎には、僕から直接、聞いてやるさ。いずれにしても、勝手にはさせない」

栗山の言葉を聞いた安井は、静かに頭を下げた。

7

「本日は、お忙しいところ、恐縮です」

先に部屋に入っていた広報部長の瀬尾明彦は、仮面を張り付けたような満面の笑みを浮かべて、寺田を迎えた。

慇懃な振る舞いは、取引先や行内で、腹の底を見せないために銀行員がよく使う技術の一つだ。

ある種の作り物の笑顔は、相手への不信感を伝える効果的なツールでもある。寺田は、これから瀬尾が話す内容が、どんなものになるのか、あらためて考えを巡らせた。

瀬尾がランチをセットしてきたのは、個室の和風レストランだ。肩肘の張らない店だが、すべての部屋が個室で会話を聞かれることはなく、密談に向いている。記者と会食する際に、使いやすい店として、寺田が瀬尾に引き継いだ店の一つだ。

「いつも広報部へのご支援ありがとうございます。ご多忙な中、多くの記者たちを引き続き、フォローして頂いているようで」

やせ型の瀬尾は、細面の顔にかかった黒縁メガネのフレームを軽く持ち上げた。夏場でも、一滴も汗をかかないように見えるタイプだ。

「たまに、馴染みの記者の皆さんと会食している程度だよ」

寺田も、しらじらしく答えた。ただ、これだけ広範に、記者たちとの情報交換を続ければ、いずれ瀬尾の反感を買うことは寺田にとっては覚悟のことだった。

広報の担当者は、異動すると記者との付き合いをやめるのが行内のルールだ。そもそも銀行員は広報部に無断で、記者とやり取りしていることが分かると、人事評価が減点処分になる。情報漏れが疑われた段階で、銀行員としてバツが付くのだ。

情報漏れを防ぎ、情報を一元管理するためには、マスコミとの窓口は一本にしておくべきなのだ。無論、広報の経験者も、その例外ではない。一方の記者は、多様な情報源を確保しようとする。広報ＯＢは、記者とすでにパイプを構築していた経験があるだけに、記者の取材のターゲットになりやすい。

そのため、広報部時代に記者とのやり取りに使用する携帯電話は銀行から貸与され、担当が替われば、銀行に返す仕組みになっている。それでも記者からアクセスがあった場合には、何も話さず、速やかに広報部に連絡するのがルールだ。そのルールは、たとえ役員になっても変わらない。

現に、寺田も広報部長時代には、寺田の把握していないところで、幹部と記者がやり取りすることがないよう、記者とグループ内の人間関係を細かく管理してきた。特に、情報漏れが疑われる場合は、それが上席の役員であろうと遠慮なく、苦言を呈してきた。

「いえいえ。とんでもない。寺田さんは、いまだに一部の記者たちから絶大な信頼を得られています。他のメガバンクからも、ＡＧ住永には、裏広報部長がいると寺田さんの名前が轟いていますからね」

瀬尾の表情には、いまだに仮面のような笑みが浮かんだままだ。

「現役の広報部長は、やり難《にく》くて仕方がない、まあ、そういうわけだな」

寺田は淡々とした口調で話した。そして、平然とブリの刺身にワサビをたっぷり付けて、醤油に浸して、口に入れた。

広報部と国際部の長い寺田は、大企業向けの営業部を中心にキャリアを積んできた瀬尾とは同じ部署で働いたことはなかったが、仕事上の接点は、それなりにあった。

ただ、ぎりぎりの修羅場で向き合ったことはない。互いに銀行員としての地金のようなものをぶつけ合った瞬間はなかった。瀬尾は様々な言葉で寺田が裏広報を続けている本意が何なのかを試しているのだ。

「とんでもない。後任が私のような不出来なものなので、ご心配をおかけしているのではないかと考えた次第です。誠に恐縮です」

瀬尾は慇懃な調子を崩さない。銀行は数万の人間がルールに沿って動く精密なシステムだ。ルールが破られていては、巨大組織は誤作動を起こす。たとえ、経営陣であってもルールを破ることは許されない法治社会なのだ。そして今回、組織の法度を破ったのは明らかに寺田の方だった。

「いや、君は、とても優秀だよ。経営陣からの評判も上々だ」

寺田は、余裕の笑みを浮かべながら今度はアユの天ぷらに舌鼓を打った。瀬尾は、寺田の表情の変化を注意深く見守っている。瀬尾も寺田の銀行員としての振る舞いを見てきたはずだ。寺田が、誰よりも手堅い銀行員であることは、瀬尾もよく知っている。

寺田は30年に及ぶ銀行員生活の中で、部下や後輩の面倒を丁寧に見てきた。少なくとも、そう自負してきた。人を育てることには価値があり、何より若手の成長は、喜びを与えてくれた。寺田も、多くの上司や先輩に、見守られ、育てられてきた。

尊敬されたいとまでは言わない。ただ、信頼され慕われたいとは思ってきた。しかし、今の寺田にとって、部下や後輩からの信頼や支持など、一文の価値もなくなっていた。

「ただ、私も困っているんですよ。寺田さんのせっかくの広報への貢献を、問題視するつもりなど、さらさらないのですが、グループ内には、これを見過ごすとグループ全体の情報管理の不備につながりうるという人もいます。何より、寺田さんの評判に傷がつくのではないかと気がかりで仕方がありません」

瀬尾は、寺田の行動の裏に、どんな事情があり、どんな力が働いているのか、それを見極めようとしている。それが、寺田にも伝わった。

寺田は、瀬尾の嫌味な言葉にも黙ったままだった。そして、さらに悠然とイカの天ぷらに箸を付けた。

「情報システムの小笠原常務。ずいぶんと新橋《しんばし》のスナックがお好きなようですね。『ともしび』ですか。年増の美人ママさんのお店だそうじゃないですか。寺田さんも、たまに同席されているようですが、その他には、たいした飲食の経費の請求もないですね」

瀬尾が言葉を継いだ。瀬尾は奥の手を使って、ＡＧ住永情報システムの経費の使途を調べたようだ。瀬尾は、毒を含んだ言葉を吐きながらも、丁寧な姿勢を崩さない。

しかし、情報システムから、たいした経費の請求がない、ということは逆に、寺田は、記者たちとの付き合いのために、特別な支出のポケットを持っていることを意味していた。そのことを瀬尾も十分に考えているはずだ。

寺田は、ゆっくりと箸を置くと、目線を瀬尾に向けた。ゆるぎない自信を湛えた寺田の視線は、まっすぐに瀬尾を捉え続けた。沈黙が、尖った緊張を生み出したタイミングに合わせて、寺田が口を開いた。

「黙って、すべて、飲み込むんだ」

寺田は冷えた声音に、これまでとは違う強い口調を乗せた。

「はっ。はい……」

瀬尾の表情に驚きが浮かぶ。

「君は、この組織で、生き残りたいか」

寺田の声が低く響く。

「はい……」

瀬尾は、すっかり顔色を失っていた。瀬尾は、寺田の背後に、強い力を感じた。このグループの中で、ルールを捻じ曲げることができる唯一の存在を、はっきりと感じ取っていた。

「なら、すべてを飲み込んだ。余計なことは今後、一切口にするな。僕のことが、裏広報部長などと他のグループに言われないよう君の責任で対処するんだ」

「はい」

「それから、村川の件は覚悟して対応してくれ。事前にネタがマスコミに漏れたら、すべては君の責任だ」

寺田は、そう言うと左の頬を軽く緩め、冷めた笑みを浮かべた。

8

「この店は、ほんまは身内しか、連れて来んことにしとるんや。寺田さんは、特別や」

朝読新聞の編集委員の赤川武は、上機嫌だ。すでに、一通りの鮟鱇《あんこう》料理が大将の慣れた手さばきで、供されていた。大将が、素早く卵を溶き、仕上げの雑炊の準備が整っている。日本酒も2人で、7合ほど空けていた。

赤川は、この店の馴染みで、通い詰めているようだ。店の大将とたわいもない会話を楽しんでいた。酒の銘柄や食材の産地の取り合わせ、味わいや出来栄えをめぐる話は尽きない。聞いているだけで、目の前の料理の味や香りが引き立つような流れに寺田俊介も誘い込まれていた。

すでに、12月も下旬になり、都内の空気も冷え込んでいた。予報では、都心でも夜更けから雪が舞うという。今日は赤川との男同士の忘年会だった。

三軒茶屋の外れの目立たない場所にある店は、わずかなカウンターの席が、常連で埋まっていた。

「今日は、ありがとうございます」

今日の赤川は、まるで仕事の話をしない。寺田も、赤川と大将の会話に時折、口を挟みながら鮟鱇を楽しんでいた。赤川が、この場では情報交換など無粋といった構えを示していることは、寺田の気分を軽くし、落ち着かせていた。敏腕の赤川が大丈夫なら、少なくとも年内の情報漏れは、ないだろう。寺田がマスコミに張り巡らせたアンテナは、何も捉えていない。村川ホールディングスとの経営統合――。敏腕の記者たちの間でも、噂すら立たず、情報管理は完璧に思えた。

すでに、両社の資産査定も大筋では、終了していた。年明けからは、トップ同士の詰めの交渉が進むことになっている。年明けの1月下旬には予定通り臨時取締役会を開き、記者発表に持ち込むというのが、社長の竜崎太一郎のシナリオだった。

「寺田さんも今度、この店に、かみさんを連れて来たったら喜ぶで。どうせ仕事ばっかりで、迷惑かけ通しやろ」

寺田は、赤川の言葉に刺激され、妻の彩音、そして娘の文香の顔を浮かべた。彩音とも文香とも、微妙な距離ができてしまったことに、あらためて思いを馳せた。子供が大学生になった家族など、どこでも、こんなものだろう。そこから寺田の思考は立ち止まり、深まらない。そして、ふと、文香から、彼氏らしい学生と会わせたい、と申し出があったことを思い出した。日程を決めなければと思いながら、なんとなく億劫になっているうちに、ずいぶんと日が経ってしまった。

「そうですね……」

寺田は軽く、相槌を打つと、ごつごつとした手触りの御猪口に3分の1ほど残った日本酒をぐっとあおった。

「ここで、コート着て、マフラーもした方がええで」

外はずいぶんと寒そうだ。寺田は、赤川のアドバイスに従って、帰り支度を整えた。今日は、赤川が勘定をする順番で、すでに支払いも終えていた。店の扉を開け、のれんをくぐると、さっと寒風が吹きつけた。雪が降りそうな、湿った空気が鼻をつく。街は、音を吸い取られたように静まり返っていた。

寺田の後に、店を出てきた赤川が、話しかけてきた。

「そや、一つだけ、気になっとることがあるんや」

「何ですか」

寺田は、微かな警戒心が芽生えたが、なるべく軽い調子の声を出した。

「村川ホールディングスや。どない思う。関心あるやろ」

寺田の酔った頭は突然、覚醒し、思考と感覚がフル回転を始めた。

「村川ですか……。いえ、関心ないですね。何か、聞かれましたか？」

「いろいろ耳に入ってきとるで」

赤川は軽い笑い声を立てると、両目を大きく見開いた。そして、その目線は寺田の両目を捉えて離さない力を発していた。

「持ち株会社同士を一緒にするんやろ。シナジーは出るやろな。わしは悪うないと思うで。ただ、あの条件やったら、いろいろと思う人間もおるやろな」

「それは……」

虚を衝かれた寺田は、内心の動揺を悟られないように、平静を装った。

「寺田さん。あんた竜崎社長に特別な仕事を任されとるんやろ」

「いいえ、そんなことありませんよ」

寺田は、さっと否定した。ただ、声に動揺が混じっていなかったかが、気になった。

「なんで、あんたが、子会社に出されて、こんな仕事をしとるんか、不思議やったんや。このためやったんやな。ようやく謎が解けたわ」

「それは考えすぎですよ。誰がそんなことを言っているんですか」

「誰も言うてへんで。わしの勘や」

赤川は、寺田の左肩を軽く叩くと、言葉を続けた。

「年内は、何も書く気はない。意地でも記事にはせえへんわ。女房にもしゃべらん。勝負は年明けや。もし、他社が先に記事を書きそうになって、わしが恥かきそうになった時だけ、連絡くれたら、ええわ」

寺田は肯定も否定もできず、とまどった顔をするしかなかった。赤川は寺田の反応をそれ以上、探ることをやめ、右手を挙げて、流しのタクシーを止めた。

「家はこの近くやろ、これに乗って、早《はよ》う帰ったらええわ。風邪ひかんようにな」

赤川はそう言うと、寺田をタクシーに乗せた。ちょうどその時、車の窓から、白い雪が、舞い始めたのが見えた。その先に、寺田を見送る赤川の姿があった。赤川の目は、寺田の胸中を見透かすように、強い光を湛えたままだった。

9

「こんなものは、認められんぞ。なんとかしろ」

ＡＧ住永フィナンシャルグループ相談役の栗山勇五郎の口の端が大きく歪んだ。対する副社長の安井成之は、黙って顔を伏せた。相談役室の空気は、殺気を秘めた生き物が潜んでいるかのような重苦しさを帯びていた。

「はっ……。それが、なんとも……」

安井の言葉は、最後まで伝わる勢いを失い、語尾が濁った。安井は、銀縁メガネの奥から、上目遣いに、栗山の表情をうかがった。

栗山は、経営統合に伴って、持ち株会社の名前から「ＡＧ」の名前が消えることに、まず苛立ちを覚えていた。子銀行の「ＡＧ住永銀行」という名称は、そのまま維持すると社長の竜崎太一郎は説明した。しかし、伝統あるＡＧの名前は、株価欄から消え、マスメディアで記事にされる回数も減るだろう。それは、人々からＡＧという名称が認知され難《にく》くなることを意味する。日本一の巨大金融グループという圧倒的な存在を示す持ち株会社の名前から「ＡＧ」が消えることは、栗山にとっては、あってはならないことだった。

それに、持ち株会社の役員を村川ホールディングスとＡＧ住永で半々にするという案も、承服できなかった。現在の持ち株会社の役員の数はＡＧ出身者が４人で住永出身者が４人だ。これが、村川と半々となれば、ＡＧ出身者は２人に減らすしかない。結果的に村川の４人に対して、ＡＧ出身者は２人しか枠がないことになってしまう。これは、ＡＧ銀行の持ち株会社への支配力の点で問題があった。竜崎は、ただただ、自分が巨大金融グループの頂点に立ち続けたいのだ。この再編こそが、竜崎の長期政権を実現するための、壮大な仕掛けだ。栗山には、そう映っていた。

そして、栗山の目には、相談役室に話に来た時の、悠然とした竜崎の顔と、優越感を滲ませた口ぶりが浮かぶ。

「相談役の地位が保全されますよう私の方で、全力を尽くします」

確かに、金融担当相の富永平太は、日本企業の企業統治の悪弊として、相談役制度の問題点を衝いていた。まるで、頭取ＯＢが、銀行の経営を駄目にしているかのような言いぶりだった。企業の統治に何の責任も負っていない人間が経営に影響力を与えるのは問題だというが、ＡＧ銀行は、そうやって現在の日本一のメガバンクという地位を築いたのだ。しかし、欧米流の市場向けのパフォーマンスに長け、マスコミ受けを意識する富永が、そんな栗山の気持ちに配慮するはずもない。

竜崎の言葉は、こうした富永の問題提起を念頭に置いている。まるで、富永や世の中の批判を防いで、自分が栗山を守るとでも言いたげな口ぶりだ。いや違う。そこには、相談役ポストを残すのもなくすのも自分次第だ、栗山の命運を握っているのは、自分だとでも言いたげなニュアンスがこもっていた。

「安井君。なんのために君に、副社長を任せているのか。そのことを理解できているのか」

「はっ……。私の力不足でして」

安井は、深々と頭を下げながら、小声で話した。

持ち株会社の名前と役員の比率については、反対意見が強いことを繰り返し、竜崎に伝えた。しかし竜崎が、そうした安井の提案を聞き入れるはずはなく、逆に「ＯＢを含めて、グループ内をまとめるのが君の仕事だ」と、言い渡されたのだった。

「言い訳はいらん。知恵を出せ。方策を考えろ。それが君の仕事だ」

再び、いら立った栗山の声が響く。

「はっ……」

安井は、身体に力を入れて、再び頭を下げる。こうした所作も、いつのまにか習い性のようになっていた。

そして、安井の耳には、「君は、いったい誰の方を向いて仕事をしているんだ」という竜崎の野太い声が、蘇っていた。安井は今の状況を冷静に読み解いていた。２人の直接対決は避けられそうにない。

「俺が直接、竜崎とやり合うかな」

栗山が業を煮やしたように言葉を吐きだした。そこには、どこか安井を試すような匂いがあった。

「いえ。それだけは、ご容赦下さい。決して、グループのためにも、相談役のためにもなりません」

安井は、眉間に皺を寄せたまま、慌てて栗山をとりなした。

旧ＡＧ銀行の有力ＯＢたちは、グループの有力企業の社長や会長として君臨している。そして、それぞれの子会社の相談役や顧問として、経営や人事に隠然とした影響力を持っている。旧ＡＧ銀行で要職を担ったＯＢたちは、グループの要所で経営に睨みを利かせている。その総帥が、存命している唯一のＡＧ銀行頭取経験者の栗山なのだ。

しかし、ＯＢたちの隠然とした影響力は、かつての部下だった現経営陣との微妙な呼吸の上に成り立っている。

経営陣に引き立ててもらったという経緯が、相談役を筆頭としたＯＢたちへの恩義として生き続け、権威を維持する装置として機能している。そして、今の経営陣も、いずれは有力ＯＢとして相談役などのポストを引き継ぎ、自分たちの命脈を保つ。こうして、隠然としたOB支配の構造が脈々と生き続けてきたのだ。

相談役の権力は、伝家の宝刀だ。抜かないことによってこそ、存在感が際立つ。強大な影響力を持っているかのように、グループの内外から見えていることが鍵なのだ。

いざ、露骨な権力闘争が始まってしまえば、グループの秩序を破壊する血で血を洗う闘争になる。

しかし、すでに竜崎と栗山の亀裂は、安井の調整力で、抑えられる範囲を超えていた。

あとは、どう火の粉を被らないよう振る舞うかが、大切だ――。

安井は、頭の片隅で、そう計算し始めていた。

「なら、君が、何とかするしかないな」

「いえ……。相談役、何とか原案で、ご理解を頂戴できないでしょうか」

安井は、栗山を上目遣いで見ながら、言葉を絞り出した。最後まで、グループの安定のために、自分が盾になって、粘り強く調整を続けたという印象を栗山に与えながら、栗山に押し切られていくのが、最善の流れだ。安井は、とっさにそう判断していた。

「できない」

栗山は間髪を容れずに言い切った。そして言葉を継いだ。

「仕方ない。俺に考えがある」

安井は、栗山の決心が固いのを見て取ると目を伏せ、ゆっくりと頭を下げた。

10

「いきなりですけど、本音で話して、いいですか。時間がもったいないので」

黒いジャケットの下には、グレーの丸首のシャツがのぞく。ズボンはジーンズで靴はスニーカーだ。木《き》谷《たに》英《えい》輔《すけ》の頬には、まだ30代になったばかりの瑞々しい赤みが差していた。細面の顔もやせ型の体形も、あどけなさに加えて繊細なイメージを与える。

「ぜひ、望むところです」

ＡＧ住永フィナンシャルグループ社長の竜崎太一郎は、丁寧な口調で応じた。役員用の応接室で、竜崎が向き合う相手としては、異例の若さと風体だ。

「こんな格好で来たのも、僕なりの合理性はあるんです。特に、この国で立派な肩書を持っている人を試すには、格好のやり方ですね。最初の一瞬で、かなりのことが分かります。情報収集の手段としては、時間も労力も省けます」

木谷は、いきなり竜崎に挑発的な目線を向けた。

「なるほど。新しいビジネスを伸ばす側の人間か、潰す側の人間か、しっかり見分けられるってわけですか」

竜崎は、さも納得したという表情を浮かべて、木谷に応じた。

「やっぱり、竜崎さんは、面白い」

「では私は、伸ばす側の人間だと、評価して頂いたわけですね」

竜崎は、鷹揚な笑みを浮かべて、言った。

「ええ。使える者は、なんでも徹底的に使う。変でも、失礼でも、気に食わなくても何でもいい。損か得かだけを冷徹に計算している。違いますか」

木谷は、挑むような視線を、さらに強めた。竜崎は、鷹揚な表情のままだ。

「でも、僕は、そういうの嫌いじゃないですよ。分かり易いんで。面倒なのは嫌なんです。義理とか人情とか」

木谷は、油断のない目線を竜崎に向けたまま、唇の端を軽く上げると、笑みを漏らした。

「私も、木谷社長とは、うまくやれる気がしてきました」

竜崎も、鋭い目を光らせたまま、笑みを返した。

木谷は、東大の大学院で、機械学習を学び、トップクラスの成績を残した。ＡＩ（人工知能）の研究者として博士課程まで進んだ後、スタンフォード大学に留学、帰国後に独自に開発したアルゴリズムを活用、「ワールドフィールドテック」を起業した。ネット通販からスタートして、日本やアジアに拠点を置くオークション会社や、ニュースのまとめサイト運営会社などを次々に買収、３つのビジネスを軸に、それぞれのサイトから収集できるビッグデータを活用して、利用者の囲い込みやレコメンデーション（お薦め）機能の最適化を進めた。そしてワールドフィールドテックをわずか5年間で売上高1兆円の企業に急成長させ、2年前に東証一部に上場を果たした。世界中の投資家から期待を集め、時価総額は、すでに20兆円を超えていた。

「そちらからの提案書を僕なりに解釈すると、フィンテックに真面目に取り組んでいる雰囲気を出したい。だから、一緒に折半出資の子会社をつくりたい。そこに10億円出してほしい。そういうことですよね」

「ええ、そうです」

「僕、金融とか興味なかったんですけど、ちょっと調べてみたら、驚きましたよ。AG住永さんって、すごいビジネスをやっているんだなって」

「そうですか」

「だって、銀行のビジネスって、すごいですよ。今は、大企業向け融資の利ザヤって0・5%とかですよね。ほとんど儲からない。で、融資の担保って、結局は不動産でしょ。不動産なんて、ものすごい価格が上下するじゃないですか。いつ下がるか上がるか分からない。だから、貸し倒れが、ちょっと出ただけで、大やけどするリスクがあるわけでしょう。それで、貸し出しが100兆円ですか。僕なら、こんなビジネス、怖くてできません。そこにグループで10万人も働いてるんですよね。いや、皆さん、ものすごく勇気があるなって驚きました。僕なんか、ヘタレなんで、こんなリスク、とても取れません」

木谷は、軽く眉をひそめながら捲したてた。木谷の目には、再び、挑戦的な光が宿っていた。

「なるほど。私は、木谷社長のことが、ますます好きになってきました」

竜崎は、木谷の言葉に平然と同意した。

「マスコミとは、ここんとこ付き合ってみて分かりましたけど、彼ら何も考えてないですよね。ビジネスの中身を、分かろうともしないし、興味も持ってない。連中の関心は、世間の注目を一瞬でも、引けるかどうかだけですから。はっきり言ってアホですよ。うちとAG住永さんだと、取り合わせが面白いんで、それだけで、しばらくはもて囃されますね」

「まあ、そうでしょうね」

「アナリストなんて人種も、マスコミよりは、ちょっとは知的な武装をしていますけど、結局は短期の株価の値動きにしか関心がない。まあ、成長戦略は、シリコンバレーのフィンテックの話とか下敷きにして、適当に書けば、アナリストなんて簡単に騙せますよ。2〜3ヵ月、時間もらえれば、絵は描けます」

「それは、助かります」

竜崎は、そう軽く応じた上で、メガネの奥の目を大きく見開いた。

「木谷社長、あなたはメリットのないことはやらない。私は、あなたに何をすればよいでしょうか」

「ええ、そこが本題です」

そういうと、木谷はひと呼吸、置いた。

「僕と、ワールドフィールドテックを、本気で守ってほしいんです」

竜崎は、黙って、木谷の顔を見た。

「ええ、この国の様々な権力から、僕らを守ってほしいんです」

木谷は、そのまま言葉を続けた。

「僕はね、しょっちゅう、うなされて夜中に目が覚めるんですよ。毎日、怖くて、仕方がない」

「怖い？」

「検察に逮捕されるのが怖いんです」

「なぜですか」

「罪状なんて、後から、何でもひねり出すでしょう。目を付けられたら終わりです。僕は、逮捕されるのが、本気で怖いんです。どんなに優秀な弁護士を雇っても、恐怖が収まることはありません。女優やタレントと遊んだのが、たまに週刊誌に出て叩かれるぐらいならいいです。でも、逮捕されて、会社が潰されて、ビジネスのチャンスを奪われるのは嫌なんです。アメリカに移ることも考えたんですが、僕は日本食と日本の女の子が好きなんで、日本で暮らしたいんです。そして、思いっきり、ビジネスをやりたい」

「なるほど」

竜崎が頷くと、木谷はさらに話を続けた。

「それに流れが変わってきて、日本のビジネス環境も良くなっています。アメリカが排外主義になって移民を追い出そうとしている余波で、中国やインドからトップクラスの人材がシリコンバレーに行かなくなりました。香港もあの騒ぎでしょう。シンガポールも案外、魅力がない街です。東京は、ホテルもマンションも意外と安い。それに、安全で食べ物も旨くて、楽しい街なんです。ちょっと足を延ばせば温泉もあるしゴルフもスキーもできます。今、ＩＴや金融のトップクラスの人材が世界中から安い値段で東京に集まる流れなんですよ。この環境からは離れられません」

木谷は興奮気味に一気に捲したてた。そして、さらに言葉を継いだ。

「竜崎さん。あなたは、メガバンクのトップだ。民間金融機関、いや日本の経済界で最も力を持っている人間の一人です。政治家や、検察や警察、そしてマスコミ。こうしたエスタブリッシュメントたちの機微は、押さえているでしょう。彼らから、僕と会社を守ってほしい。僕は彼らと付き合ったり、金をばらまいたりする時間がもったいない。いや、正直、彼らとうまく関係が築ける自信がない。だから、竜崎さんに頼みたいんです。彼らに、僕が仲間だと思わせるためにかける時間と労力を10億円で買いたいんです」

「分かりました。全力で、木谷社長とワールドフィールドテックを守ります。お約束します。必ず、10億円以上の価値を提供します」

竜崎の両目は生気に満ち、表情には精悍な色が滲んだ。

「その価値がないと分かったら、出資はすぐに引き上げ、提携は解消します。いいですね」

木谷の目に鋭さが増し、竜崎の顔を正面から捉えた。

「もちろんです」

「その約束を守ってくれるなら、カクテル光線の中で、記者会見して、竜崎さんと握手するとか、何でもやりますよ」

木谷は、そう言うと、細い目を微かに緩めた。

11

AG住永フィナンシャルグループの竜崎太一郎は、相談役の栗山勇五郎と向き合っていた。2人の沈黙は、相談役室に不穏な空気を生み出していた。

相談役室の栗山担当のベテラン秘書は、そんな空気を察したのか、素早く2人分のお茶をセットして、緊張した面持ちで一礼すると、速やかに部屋を出た。２人は視線を合わせることもなく、黙ったままだ。ぴんと張った鋼鉄の糸が、部屋中に張り巡らされているようだ。竜崎は、運ばれてきたお茶の蓋を開けると、悠然と湯呑を口に運んだ。

その様子を、じっと見つめていた栗山が口火を切った。

「なぜ、そんなに無理して村川と一緒になる必要があるんだ」

栗山の口調は、落ち着いていた。

「もう銀行ビジネスだけでは生き残れません。この国の企業の資金需要は、ますます細っていきます。もっと言えば、デジタル化で、これまでの銀行のビジネスモデルそのものが揺らいでいるのです。10年先、いや5年先を考えて下さい。強力な証券会社を手に入れて、世界で通用するグループを作れなければ、ＡＧ住永の未来はありません」

竜崎は、野太い声を出した。嚙んで含めるような口調には、丁重な姿勢が、こもっていた。

金融とデジタルの融合はフィンテックと称される。例えば個人の場合、過去のローンの延滞や、資産状況だけでなく、学歴や職歴、購買履歴やＳＮＳ（ソーシャルネットワーキングサービス）で収集できる友人関係に至るまで様々なデジタルデータの把握が可能になっている。たくさんの個人のデータが蓄積されれば、個人の与信状況を的確に割り出すことが可能になり、貸出金利を変動させることもできる。すでに中国では、フィンテックが急速に拡大している。デジタルデータの活用は、金融ビジネスを根っこから変えようとしているのだ。

「君は今『手に入れる』と、言ったな。これは買収じゃないだろう。これだけ村川に譲ったんじゃあ、村川に軒先を貸して母屋を乗っ取られるんじゃないか。村川は獰猛だぞ。AGは日本の銀行のブランドとして世界にも知られている。AGのブランドは、企業を見出し、育成し、日本経済を牽引してきた象徴だ。AGブランドを毀損することが、あってはならない。それを守るのが、僕の責任なんだ」

栗山は、すっと竜崎に視線を合わせると、語気を強めた。栗山の背後にある広い窓から、冬の緩やかな日の光が、差し込んでいる。それが、小柄な老人に過ぎない栗山の姿に陰影を与え、全身から染み出す重厚な圧迫感を一段と高めていた。

「預金は、どんどん集まっていますが、融資先がないんです。トミタ自動車向けの金利が、いったいどれだけあるか、ご存知ですか。もはや、これまでのやり方は通用しません。利益が生み出せなくなれば、AGのブランドは死んでしまいます」

竜崎は、淡々とした口調で続けた。

「証券と組んだところで、われわれが融資を通じて蓄積した企業とのパイプを使って、証券ビジネスが、肥え太るだけだろう。それは銀行業の発展とは言えない」

「いいえ、企業の様々な経営上の課題に対して、的確な解決策を提示できてこそ、金融グループとしての存在価値が生まれるんです。そのためには、融資だけでなく、強力な証券のツールが必要です」

竜崎の声と言葉が余韻を残したまま、再び、沈黙が訪れた。今度は、栗山が湯呑の蓋をゆっくりと開けると、すっかり冷えてしまったお茶を口にした。そして、ゆっくりと立ち上がった栗山は、執務机の上に置いた封筒の中から十数ページに及ぶ資料を2つ取り出し、竜崎に差し出すようにローテーブルの上に、置いた。そして1部を自分の手に持った。

「君から、金融ビジネスの将来について講義を受けるつもりはない」

栗山は、そう言うと、テーブルの上に置いてあったメガネをかけた。栗山はページをめくり、紙に記された数字を目で追い始めた。紙には、アジア、東欧、南米、アフリカなど国ごとに、企業向けの融資残高が示され、焦げ付きのリスク別に分類されていた。

「ずいぶん無理したようだな。日本で新規の資金需要がないのは分かる。ただ、これだけ新興国向けの融資が不良債権化しているんじゃ、目も当てられない。不動産価格の上昇を当て込んで、融資残高を増やす。景気後退で不動産価格が下落して、担保が不足して融資が不良債権化する。これは、僕たちが日本の不動産バブルの時に経験した不良債権問題と同じ構図だろう」

竜崎も資料を手に取り、黒縁のメガネ越しに、数字を追った。

「これは、世界経済が極端に収縮した場合の危機シナリオに基づいて作成した資料です。現在の引当金水準で、金融庁にも監査法人にも、了解を得ています。こんな悲観的なシナリオに沿って引当金を積んでいたら、世界中の銀行ビジネスは成り立たなくなります」

竜崎は顔色一つ変えずに、淡々と説明を続けた。竜崎の様子には、まるで慌てた風がない。

「そうかな。そんなに甘く見ていいのか」

栗山は竜崎の顔を見ると、強い視線で一瞥を送った。そして、ゆっくりと言葉を続けた。

「今の新興国のバブルを甘く見てはいけない。世界経済の後退リスクを軽く考えるのは危険だぞ。あの時もそうだったじゃないか。政府や監査法人も了解している中で、日本の多くの銀行がバブル経済の崩壊をいずれ回復すると楽観視した。そして、リスクへの備えを怠った。その結果、資本不足に陥った大手銀行は死屍累々《ししるいるい》だ。日本産業銀行のように経営破綻に追い込まれた銀行もあった。大半は、政府から公的資金をぶち込まれ、給与カットとリストラを強いられた上に、再編に追い込まれた。違うか」

「あの時代と比べれば、リーマン・ショックを経験して、世界各国の金融当局も監査法人も、金融機関の融資のリスクを厳格に見るようになっています。われわれは、その厳しい目線でチェックされた上で、足元の決算を作り上げています」

竜崎は、立て板に水のように返答した。そんな質問は、痛くもかゆくもないという態度で、栗山の質問に平然と切り返した。

「僕には歴史が繰り返されているようにしか見えないがな。バブルは20年周期だと言われている。忘れたころに姿を変えて再びやってくるんだ。だから、僕のような人間が、相談役として、ここにいる意味がある」

「ええ。ご指摘はごもっともです。経営に緩みが禁物なことはよくよく承知しているつもりです。そして、相談役のお知恵が経営にとって貴重であることも、常々感じております」

竜崎は栗山の言葉を、余裕を持って受け止めると、流れるように話を続けた。

「ただ、わがグループの自己資本比率を今一度、ご確認下さい。再び、リーマン・ショック級の経済危機が訪れても、大丈夫なように十分な健全性を維持しています。その点も、あらためてご認識頂ければと思います」

日本のメガバンクは、バブル崩壊の処理を厳格に進め、公的資金の注入や再編を進めて、健全性を高めた。世界的な金融危機をもたらしたリーマン・ショックの際にも、経営危機に陥った大手金融機関はなかった。

「今のアジア、アフリカ、南米など新興国経済の急速な発展に、一番積極的に関与しているのが、うちのグループじゃないのか。そこに危うさがある。ＡＧ銀行は、いつも慎重な経営を続けてきた。それが伝統だ。日本のバブル経済の際にも、うちは動きが遅いと世間やマスコミから揶揄されていたが、それでも慎重な融資姿勢を貫いた。そのお陰で、バブル崩壊後も、最高の財務体質を維持できた。政府やマスコミなんて、まったく当てにならんぞ。経営が駄目になれば、すぐに手のひらを返す。ＡＧ銀行は最強の財務体質を誇ったからこそ、再編を常に主導できた。そして現在も日本一の金融グループとして君臨できている。そのことを忘れたわけじゃあるまい」

栗山は、カミソリと恐れられた頭取時代の気力と迫力を取り戻していた。

「はい。十分に分かっています。ただ今の時代には今の時代に合った経営があることもご理解下さい」

竜崎の黒縁のメガネの奥の視線が光を帯びた。悠然とした慇懃な態度の中には、一歩も引かない姿勢が示されていた。

「竜崎君。うちの慣行では、トップは6年だ。時代に合わせてトップを替えて、柔軟に時代の流れに合わせる必要がある。村川との話は白紙に戻せ。次の人間にバトンを渡して、新興国向け融資の不良債権処理を一気に進めるんだ。今は証券と一緒になって攻める時ではない。一代の経営は一つのテーマしかできない。今は、むしろ守りを固める時だ。君は、もう十分に頑張った」

栗山は、そう言うと、竜崎を慈しむような視線を送った。

「はい。大変にありがたいお言葉です。私も身を引きたいのは、山々です。しかし、このままでは無責任になってしまいます。村川ホールディングスと手を組み、企業の問題解決に貢献できる新たな金融グループの土台をつくり、グローバルに通用する体制を築き上げるまでは、責任を担い続けるしかありません」

竜崎は、堂々とした態度を崩すことなく、話し続けた。

「トップなんて苦しいだけだろう。辞めれば、楽しく人生が過ごせるぞ」

「辞めてよいなら、いつだって辞めたいのが本音です。でも今は、そのタイミングではありません」

「君の責任感とやらが、AGを地獄に引きずり込むかも知れんぞ」

「いえ、何もしなければ、AGの伝統は消えます」

竜崎が、こう言うと、言葉の応酬は再び止まった。栗山は、じっと押し黙ったまま、目をつぶった。重い沈黙が、その場を包み込み、あらゆるものの動きが凍り付いた。

「そこまで言うなら仕方がないな」

栗山は茶封筒から、別の袋を取り出すと、そこに入っていた写真を5枚ほど取り出して、テーブルの上に、乱雑にばらまいた。

竜崎は、そのうちの一枚をテーブルから拾い上げて、写真を見た。そこには、竜崎がスイートルームの扉を開けて、若い女性を招き入れる姿がはっきりと写し取られていた。竜崎の顔に少し驚いた表情が浮かんだ。

「君が定宿にしている六本木のガルブレーホテルだ。週刊誌に渡せば、さぞ喜ぶだろうな」

竜崎は、写真をテーブルに戻した。そして言葉を失ったように口を閉じた。

「銀座のクラブ・バラードの香澄《かすみ》というらしいな。3年前に週刊誌に追いかけられたので懲りたかと思ったら、これだ。あの時は、苦労して不倫スキャンダルが表に出ないように握りつぶした。のど元過ぎて、熱さを忘れたか。君は脇が甘い。君もAGグループのトップに立つ男だろう。もう少し、上手に遊んだら、どうなんだ」

栗山の表情に、勝ち誇った表情が浮かんだ。

「このホテルの代金は、グループの支払いだろう。世の中、コンプライアンスに厳しくなっている。これは、いかにもまずいぞ。僕にも、とても庇いきれないな」

栗山は、そう言うと軽く声を立てて笑った。栗山の頬には、冷たい笑みが浮かんでいた。

「そうまで、おっしゃるなら仕方ありませんね。こちらも、お話しさせて頂くしかありません」

そう言うと、竜崎は胸ポケットから一枚の紙を出して、テーブルの上に置いた。

「これは、相談役の奥様の忠子《ただこ》様が経営されている会社に、グループの関連会社から支払われているコンサルタント料の一覧です。さすがに20年間の累積で1億円を超えていますので、よくないかと」

栗山の妻、忠子が社長を務める実体のないペーパーカンパニーに、AG住永フィナンシャルグループの関連会社10社から、小分けにされた合計500万円のコンサルタント料が毎年、支払われていた。その大半は、忠子が贔屓《ひいき》にしている歌舞伎役者を応援する資金として湯水のように浪費されていた。栗山が頭取の時代から今まで、20年を超えて、支払いが続いている。

「この程度のこと、これまでの相談役がみなやってきたことだ」

栗山は、不機嫌に顔を歪めた。

「今の時代、そんな言い訳は通用しません。警察に届けることも可能ですよ。不正な支出ですから。マスコミの記事が思い浮かぶようですね。金融担当相の富永さんも眉をひそめることでしょう」

竜崎の顔に薄い笑みが浮かんだ。しかし、黒縁メガネの奥の目は、鋭く研ぎ澄まされ、じっと栗山の顔を捉えていた。

2人の間で、再び沈黙が流れた。今度は先に沈黙を破ったのは竜崎の方だった。

「経営統合に伴って、グループの規模は大きく拡大します。相談役のお仕事の重み、責任も増します。それに見合った形で、報酬を今の5割増しにさせて頂くことで如何でしょうか。確かアメリカの西海岸でしたね、お孫さんの留学先の大学院。費用も決して安くはないでしょう。何かと物入りでしょうから、その費用の足しにして頂ければと思います」

竜崎の言葉を聞いて、栗山の顔から色が消えた。それから竜崎は、少し間をおいて、言葉を付け加えた。

「それから念のためですが本件についてのマスコミ対応には十分にお気をつけ下さい。特に朝読新聞の赤川武編集委員は、相談役と親しいようですから、情報が漏れた場合に、いらぬ憶測が生まれるのは、相談役も本意ではないと思いますので。マスコミと接触された場合は、広報部にご連絡下さい」

竜崎は、さらに言葉を継いだ。

「村川との経営統合の条件ですが、AG住永にとって有利なものに変化する可能性が、あります。まだ、内容については詳しくお話しできませんが、私なりに考えておりますので、そこはお任せ下さい。ある程度は、ご希望に沿えると考えております」

竜崎は、まるで表情を変えずに話した。栗山は、奥歯を強くかみしめながら、押し黙った。そして、苦しい表情を浮かべることすらも屈辱だったのか、栗山は押し殺した表情のまま、すっと竜崎から目線を外した。

12

ＡＧ住永フィナンシャルグループと村川ホールディングスの経営統合は、１月下旬に発表される段取りが固まった。午前中に両社が臨時取締役会を開き、午後に都内のヘークランドホテルで記者会見を開く。その日まであと１週間と迫っていた。

経営統合の時期はこの年の10月１日。統合比率は１：０・４に決まった。存続会社はＡＧ住永フィナンシャルグループで、村川ホールディングス株式、１株に対して、ＡＧ住永フィナンシャルグループ株式、０・４株が交換される。３年後には、現在の両グループの収益を合算したものから、売上高が10％、利益が20％伸びる経営目標も策定された。無論、持ち株会社の社長には竜崎太一郎が就く。

「……。銀行と証券の日本一が一緒になり、最高の金融サービスを世界中のお客様に提供するグローバル金融グループを目指します」

寺田俊介は、こう結ばれた文案を読んで、満足気に頷いた。ようやくここまで来た。カメラのシャッターが明滅する中、金屛風の前で、堂々と語る竜崎の姿がイメージできた。

寺田は、六本木のガルブレーホテルのスイートルームで、社長の竜崎と向き合っていた。

「はい。素晴らしいと思います」

竜崎は、広報部が作成した記者会見での冒頭あいさつの文案に、自ら手を入れ、寺田に確認するよう求めたのだ。最後の一文は、竜崎が手を入れた文言であることが、寺田には分かった。

「ところで、マスコミは大丈夫か」

竜崎が聞いた。

「はい。感づいているのは朝読新聞の赤川武編集委員だけです」

寺田は、こう断言した。赤川にリークしたのは、相談役の栗山勇五郎だというのが、寺田の見立てだった。

「相談役には僕から釘を刺しておいた。君の方でも、ぎりぎりまで表に出ないように、しっかり抑えてくれ」

竜崎は、こう言った。根回しと調整が進むにつれて、情報が漏れるリスクが高まる。一方で、根回しの順番を間違えると禍根が残る。「俺は聞いていない」という状況が、人の感情をこじらせ、事態を後々まで混乱させる。特にグループ内外の要の人物が、経営統合の事実をマスコミによって知らされるのは、最悪の展開だった。

まだＡＧ住永グループの役員の中でも、経営統合について知っているのは経営統合のシナリオ作成を担う経営企画などの担当ラインだけだ。社外取締役も含めて、グループ内の幹部ですら、ほとんどの人間が、まだ村川ホールディングスとの経営統合のことを知らない。

根回しの中でも、担当大臣への説明は、もっとも気を使う場面だ。まだ、金融担当相の富永平太への根回しが済んでいないのだろう。寺田は、そう考えた。富永はマスコミとも近く、情報操作が得意なので、気の抜けない相手だった。

「承りました」

その時、寺田のスマートフォンが、着信を示す振動を始めた。

「すみません」

そう断ると、寺田は胸ポケットからスマートフォンを取り出し、画面を見た。

「朝読の赤川編集委員です」

寺田は簡潔に、そう告げた。

「分かった。ここで、すぐに出るんだ」

竜崎の声が、硬質なトーンになった。

「夜遅くに、すまんのう」

時計の針は、午後10時半を指していた。

「はい。私は大丈夫です。何かありましたか」

「1週間後らしいな。村川と経営統合する話。午前に臨時取締役会を開いて、午後に発表や。もう、待たれへんで」

「え、そうなんですか。私は、そんな話は聞いていませんが……」

寺田は、そう答えながら、竜崎の顔を見た。寺田の話から状況を察した竜崎は軽く、眉間に皺を寄せると、テーブルの上の白い紙に、「統合比率は?」と書いて、寺田に示した。

「もう、もたんな。明日の朝刊で書かしてもらうで」

赤川の声からは、いつものんびりしたトーンが消え、記事を書くという明確な意思が示されていた。最近では新聞社もネットでのスクープを重視、新聞社の有料サイトなどで、新聞紙面より先に、スクープを配信するケースも増えている。あくまで、紙面にこだわるのは、古いタイプの記者である赤川らしい気がした。さらに言えば、他のメディアにネット上で先行されることはない、という自信の表れでもあるのだろう。

「ちょっと待って下さい。本当に大丈夫ですか。記事にするタイミングを間違えると破談になって、誤報になる可能性もありますよ」

「もう、この話は壊れへんな。日本には言論の自由があるからな。もう止まらへんで」

「そこまで、おっしゃるからには、統合比率も、ご存知なんですか」

寺田の口調も厳しくなった。

「1対0・4。そう聞いてるけど、間違ってへんやろ」

赤川の声は、凄みが利いていた。

「少しお時間をください。確認して、もう一度、お電話します」

「そう長くは、待てへんで。何分や」

「30分で、必ず、折り返します」

「遅い。20分や。責任のある返事を聞かせてくれ。広報には通告しかせんからな」

赤川の声が低く響いた。社長の竜崎にすぐに話せ——。赤川の言葉には、はっきりした意思が込められていた。

「わかりました。必ず20分でお返事します」

「分かった。ほな、待ってるで」

赤川は、あっさりと電話を切った。


「記者発表を早めるぞ」

寺田と赤川の電話のやり取りを聞いていた竜崎は、すぐにこう言った。

赤川に臨時取締役会の日程を漏らしたのは、相談役の栗山勇五郎だろう。そうとしか考えられなかった。竜崎が、栗山に詳細を説明したのは昨日だった。栗山が、赤川に対して意地を見せたのか、何か別の意図があるのかは、よく分からない。ただ、今は、情報が漏れた背景を詮索している暇はなかった。明日の朝刊に記事が出ることを前提に竜崎は、瞬時のうちに、段取りの組み替えを考え始めていた。

「発表は、2日後では、如何でしょうか。一両日中は朝読新聞の追いかけ報道で新聞やテレビが騒ぎ、その流れを引き継ぐ形で、社長の記者会見での言葉が、世間に伝わる流れが、メディアへの露出を最大化できる点で、最適だと考えます」

朝読新聞の朝刊に記事が出れば明日から翌日にかけては、テレビも新聞も、ネットのニュースも、この経営統合のニュース一色となる。日本のメガバンクと証券トップの経営統合は世界にインパクトを与える経済ニュースだ。株式市場にも確実にプラス効果が及ぶはずだ。

無理に明日、記者会見を実行してしまうと、ニュースの盛り上がりは一両日で終わってしまう。一方で、正式発表が1週間後となると間延びがする。せっかくメディアや市場で盛り上がった流れが途切れてしまうのだ。若干の間を置いて2日後となれば、ニュースが盛り上がった流れの中で、経営統合の詳細や竜崎の記者会見での言葉が伝わり、ニュースのプラスの効果を最大限、持続させることができる。

記者会見場をセットしたホテルの宴会場はキャンセルしかない。2日後となると、場所はAG住永フィナンシャルグループの講堂になる。あそこなら、500人は記者を収容できる。

寺田は、広報部長時代の習い性で、記者会見までの段取りに頭を巡らせた。ただ、そのあたりの段取りは、現役の広報部長である瀬尾明彦の仕事だった。

「よし。それで、いいだろう」

竜崎は、答えた。そして話を続けた。

「私は、これから電話で、根回しをする。富永大臣にも話す必要がある。君は外してくれ」

まず、村川ホールディングス社長の立野修造にすぐに連絡を入れて、臨時取締役会と記者会見の段取りを組み替えるための調整をする必要がある。さらに、金融担当相の富永平太への連絡は不可欠だろう。竜崎と富永の関係は決して良いとは言えないが、いざという時のために、ホットラインが確保されていることを寺田は知っていた。

「はい」

寺田は短く答えた。

「もしものこともある。赤川編集委員には、きっちり20分後に連絡してくれ」

「承りました」

寺田は、竜崎が赤川への連絡時間に細かくこだわったことに、軽い違和感を覚えた。ただ、寺田は、そのことに、疑問を口にすることはなかった。

寺田はホテルの最上階にあるバーのカウンターに腰かけた。バーテンダーの肩越しに、窓の外の東京の夜景が見える仕掛けだったが、東京タワーの赤い電飾も都心の摩天楼の光も寺田の関心を引かなかった。

寺田は、バーテンが怪訝な表情をすることも気にせず、ノンアルコールのジンジャーエールを注文した。

赤川に約束した20分後まで、あと12分だった。寺田の中の小さな違和感が、黒インクの染みのように、抑えようのないスピードで胸の中に広がり、動悸を速めた。

その時、寺田のスマートフォンの通信アプリにメッセージが届いた。ニュース・インサイト記者の花島由佳だ。

「御社と村川ホールディングスの経営統合のニュース。これからアップします」

寺田は、一口しか飲んでいないジンジャーエールのグラスをカウンターの上に乱暴に置くと、スマホだけを持って、店の外に出た。頭の中は混乱したままだった。まず、竜崎の携帯に電話した。誰かと話し中なのか、コール音が鳴り続けるだけだ。そうだ、赤川に連絡をしなければ――。そう思った瞬間、スマホにニュース・インサイトの速報ニュースが表示された。

「AG住永FGと村川HDが経営統合」

しまった。こんなに早く記事がアップされるとは――。そう思った瞬間に、先に、赤川から着信があった。これは、もはや八方塞がりだ。言い訳を考える余裕もないまま、寺田は電話に出た。

「なんやこれは。わしを、謀ったな。あんたのことは、絶対に許さへんぞ」

赤川の声は、かつて聞いたことがない怒気を孕んでいた。タイミングは最悪だった。どう考えても赤川からの記事化の連絡を受けて、花島由佳にスクープを横流ししたようにしか見えない。きちんと筋を通している赤川を、寺田が裏切ったようにしか捉えられないだろう。

「申し訳、ありません……」

寺田は、なんとか声を絞り出した。

「言い訳は、聞きとうない。もうええわ」

赤川が、そう言うと、寺田の返事も聞かずに、いきなり電話が、叩き切られた。

◎AG住永FGと村川HDが経営統合
メガバンクと証券の日本最大手が手を組む
AG住永フィナンシャルグループと村川ホールディングスが経営統合に向けて最終

調整に入ったことが分かった。両社は近く、臨時取締役会を開き、正式に発表する。統合時期は今年10月とみられる。統合比率は1対0・4で、村川HDの株式、2・5株に対してAG住永FGの株式、1株が交付される。

存続会社はAG住永FGで、社長にはAG住永FGの竜崎太一郎氏が、会長には村川HD社長の立野修造氏が就く。新たに設立される持ち株会社の役員は、AG住永FGと村川HDの出身者が半々とする。

メガバンクと証券の最大手が手を組むことで、グローバルな競争を勝ち抜く体制を整える。……


寺田は花島由佳の記事の本文に目を走らせた。主要なファクトがすべて記されていた。誰かが、詳細な情報をリークしなければ書けない記事だ。寺田は、事態を説明すべく竜崎のいるスイートルームに戻った。寺田は内臓が圧迫され、下半身が、小刻みに揺れるのを感じていた。

「もう、記事が出たな」

「ご覧になりましたか」

「ああ。まあ、いいだろう。臨時取締役会と記者発表は、2日後で大丈夫だ。このままのシナリオで走るぞ」

「はい」

さすがの寺田も、それ以上の言葉が出ない。

「ニュース・インサイトには、富永大臣が漏らしたんだろう。花島記者は、彼と親しいからな」

竜崎は、感想のような言葉を漏らした。そんなはずはない——。竜崎が金融担当相の富永に説明したのは、わずか20分ほど前だ。富永が聞いてからすぐに、花島由佳に電話したとしても、こんなに早く、正確な記事を作成して、配信できるはずがない。事前に詳細な内容を把握していて、ゴーサインを待っていたとしか思えない。花島由佳に、すべてをリークした関係者がいるのだ。

寺田が納得するはずがないのを知りながら、竜崎は、白々しい仮説を披露した。

何か、言いたいことでもあるのか——。

竜崎は、そんな目で、寺田をじっと見た。そこには、まるで、道端に落ちた1円玉を発見したような感情しかこもっていない。

「はい。私も、おそらく、富永大臣のリークだろうと思います」

寺田は、ぐっと何かを胸の中に、押し込んだ。そうだ、これは組織の判断なのだ。社長の竜崎が、富永がリークしたと言えば、それが真実なのだ。もはや寺田が、何かを、考える必要はない。真実は一つしかない。大臣の富永が情報を漏らしたのだ。関連会社の専務に過ぎない寺田が、思い悩む必要など何もない。

そう思った瞬間、揺さぶられ、寄る辺を失っていた寺田の不安定な気分が、すっと冷静なものへと立ち直った。これから、どう赤川と関係を修復するかを考える必要などない。それは、寺田の責任ではないのだ。そうだ。もはや、何を考えることも、悩むことも、感じることもないのだ。


その翌日、報道を受ける形で、株式市場では、ＡＧ住永フィナンシャルグループと村川ホールディングスの株価がストップ高となった。記者会見は、予定通り2日後に開かれた。両社の統合は、新聞やテレビのニュース番組だけでなく、ワイドショーやネットのニュースサイトでも、活発に取り上げられた。大胆な経営統合を牽引した社長の竜崎は一躍、時の人となった。

寺田は、3月1日付の人事で、ＡＧ住永銀行の専務取締役執行役員となった。そして、経営統合に向けて村川ホールディングスとの間で設置された経営統合戦略委員会のメンバーにも選出された。さらに6月の株主総会を経て、持ち株会社のＡＧ住永フィナンシャルグループの取締役を兼務することも公表された。所掌は広報、総務となった。一度、子会社に出された行員が、銀行本体の専務に戻るのは、前例のない人事だった。

13

「しかし、驚いたな。金杉君が、大場《おおば》のゼミ生だったとはな」

文香は、父の寺田俊介が快活に話す姿を、じっと見つめていた。食事が始まった時は、緊張して、嬉しいような、ドキドキするような気分だった。しかし、2人の間で、会話が弾むにつれて、ほっとしたような満ち足りた気持ちが広がっていった。

3月も下旬になったが、寒の戻りで、都内にも驚くほど冷たい空気が流れている。来週になると桜が開花するという予報が信じられないほどだ。土曜日の二子玉川の和食店は、ずいぶんと賑わっていた。格調の高い高級店ではないが、店内は落ち着きがあり、素材へのこだわりとフレンチの技法を取り入れた料理長の腕は冴えていた。緊張が緩んだせいか食欲が出てきた文香も、適度にレアな黒毛和牛のステーキを岩塩に付けて、頬張っていた。

「いや、僕の方こそ、びっくりですよ。大場先生は、海外の権威ある学会でも発表されていますし、米国の一流の学会誌にもたくさん論文の掲載実績があって、日本を代表する金融論の研究者です。でも、僕たちには偉ぶることがなくて、とても優しく、気さくな方なので、本当に尊敬しています。大場先生と、お父さんが、まさかゼミの同級生だったとは、すごい、偶然に感激です」

雄太さんも、よどみなく話を続けた。最初は「お父さん」という呼び名に、父も微かに、戸惑いの表情を見せて、文香がヒヤリとする場面もあった。ただ、雄太さんは、何食わぬ顔で、怯むことなく雄弁に語り続けた。「お父さん」という呼び方も、いつしか馴染んでいた。人懐っこさの中にも知性を失わない雄太さんの態度に父も好感を持ち始めているのが、文香にも、分かった。

「大場は学生のころから、抜群の秀才でね。われわれの恩師である川上《かわかみ》先生に期待されていたんだ。そのまま大学院に残って、川上先生の後を継ぐ形で、教授になった。ただ、大学のころは、あれで、なかなか純朴だったんだよ」

父は、もともと家では口数の多い方ではない。ここ最近、関係がぎくしゃくしてからは、余計に会話が減っていた。今日の父は、驚くほど多弁だ。文香には、まるで別人を見ているように思えた。

「へえ。どんな風に純朴だったんですか」

「当時、大場には女子大に通っている彼女がいたんだが、あれは3年の夏だったかな。別の男に奪われて、こっぴどく振られてね。大場が、ひどく落ち込んで、渋谷《しぶや》で朝まで飲み明かしたんだ。安い居酒屋で、飲めない酒をあおるもんだから、まあ大変なことになってね。最後まで付き合ったのは僕だけだった。だから恵比寿《えびす》の大場のボロアパートまで、連れて帰ったのは、僕なんだよ。それで、その時に僕はいったんだ。『お前は、頭が良くて、教授にも期待されているんだから、こんな時こそ、勉強に打ち込むべきだ』って。それからだよ、大場が、本気で金融の研究に没頭し始めたのは」

「いつも、大場先生は、颯爽としているので、信じられません。今度、聞いてみてもいいですかね。振られて、酔いつぶれた話」

そう言うと、雄太さんは、さわやかな瞳に、悪戯っぽい笑顔を浮かべた。雄太さんは、新品のスーツに青を基調としたストライプのネクタイを締めていた。鍛えた厚い胸板に、スーツがよく似合っていた。

「はっはは、たまには、脅かしてやればいいよ。大場の奴、きっといい気になっているだろう。今の地位を築けたのは、きっと僕のお陰なんだ」

父は、そういうと機嫌の良い笑顔を見せた。そして、雄太さんの御猪口に、日本酒をなみなみと注いだ。

「もう、いい気になっているのは、お父さんの方だよ」

文香が話を少し混ぜっ返すと、その場は、ますます和んだ空気になった。雄太さんのお陰で、久々に家族に和やかな空気が取り戻せていた。

文香から見れば、雄太さんはいつも通りの雄太さんだった。ときどき、文香の方を見る雄太さんの目は、「どうだ、うまくやっているだろう」という自信に満ちていた。

もちろん、父と雄太さんが、いい関係を築きつつあるのは、文香には嬉しかった。母の彩音も、時折、感心するような眼で雄太さんを見ていた。心から雄太さんのことが気に入っている様子だった。

ただ時折、父と目が合っても、文香に向けられる視線からは、父の本心が読み取れなかった。もちろん、父が雄太さんに、気遣いと配慮を見せてくれているのは、文香にはありがたかった。それは、優しさなのだろう。そう感謝しなければいけないと文香は思っていた。それは十分に分かっていた。でも、こんなに鷹揚で、快活な父は、文香から見れば、逆に作り物のようにも感じられた。銀行では、こんな鎧で身を固めて、仕事をしているのだろうか。文香は、そんな風に受け止める自分が、少し意地悪なのだろうか、などと考えていた。

「実は今日は、聞きたいお話があります。僕、銀行に就職したいと考えているんです」

雄太さんは、背筋を伸ばすと、まっすぐに父の方を見て話した。

「なるほど、それは嬉しいな」

「それから、申し遅れましたが、AG住永銀行の専務へのご就任、おめでとうございます。持ち株会社の取締役も務められるなんて、すごいと思います」

「ありがとう」

父は、率直な声音で、そう答えた。雄太さんは、徳利を傾けて父の御猪口に日本酒を注いだ。

「それで、銀行のビジネスの醍醐味とか、魅力はなんなのか、ぜひ、うかがいたいんです。フィンテックの進展などを背景に、間接金融の限界などを指摘する声も強いとは思うのですが……。間接金融の機能は今後も日本の産業を支える潤滑油として……」

雄太さんの質問が終わっても、父は少し、考える様子のまま、黙っていた。雄太さんは、少し慌てた様子になった。質問が稚拙だったと考えたのか、さらに質問を続けた。

「デジタル化によって与信の在り方が根本的に変化するという指摘も出ていますが……。信用創造をめぐる金融理論と、実際のビジネスの違いがどのあたりにあるのかをしっかり実地で見極めたいと考えておりまして……」

雄太さんは、さらに言葉を続けたが、父は押し黙ったままだった。いつしか、顔からは鷹揚さと、快活さが消えていた。

「なかなか、難しい質問だね……」

父は、そう答えると、さらに、何か考え始めた。

「すみません。質問が抽象的過ぎますね。具体的にうかがいます。僕は率直に言って銀行の経営に興味があるんです。ＡＧ住永フィナンシャルグループの竜崎太一郎社長があれだけの経営手腕を発揮されている力の源泉といいますか、大銀行のトップとして求められる資質とか、リーダーシップのありようなどを、うかがえればと思います」

村川ホールディングスとの経営統合を発表した直後から、竜崎太一郎はマスコミの寵児となった。来月には、アメリカの有名なニュース誌のアジア版の表紙を飾ることになった。日本人の経営者が、その雑誌の表紙を飾るのは極めて稀だ。

「竜崎社長は、凄い人だよ」

「そうですよね。かつて、ネットのインタビュー記事で『経営はアートだ』って、語られていたのを読んで、とても興味を持ちました。人間的な魅力とリーダーシップを兼ね備えた経営者なんだろうと、感銘を受けました。僕も、いつの日か、竜崎社長のようなバンカーと一緒に仕事ができればと考えています」

雄太さんは、熱い想いを、そのまま父にぶつけていた。

その時、父の表情が、腹をくくったように変化した。

「君は本気みたいだね」

「はい。本気です」

雄太さんは、まっすぐな視線を父に向けた。

「君は、本当の話が聞きたいのかい」

「はい。知りたいです」

「では君にだけは、竜崎社長が、どんな人なのか。本当のことを話そう。ただし、これは、ここだけの話だ」

父の顔から、豊かな感情が消えた。

「はい」

話の行く先が読めなくなったのか、雄太さんの目に、好奇心と同時に、不安の色が浮かんでいた。

「今から10年前のことだが、僕は法人企画部というセクションで、初めて竜崎社長の部下になった。彼は、その時、こう言ったんだ」

父の言葉を受けて、その場に、息がつまるような、奇妙な静寂が走った。

「君の手柄は私のものにする。そして、私の失敗は、君のせいにする」

テーブルも、食事も、4人が語らっていた和んだ空間全体に、冷気が差し込んだ。

「ただ、こうも言ったんだ。何も心配する必要はない。君も君の部下に同じようにやればいい。彼は僕にそう言った。さらに付け加えた。これが銀行だ、とね」

父は、そう言うと、黙って雄太さんの顔を見た。雄太さんの顔から表情が消えていた。

文香は、何か言うべきだと思い言葉を探したが、とっさに見つけることはできなかった。

14

花島由佳は、米系のコーヒーチェーン店で原稿を書き上げると、メールで、編集部に送信した。そして時計を見る。まだ次のアポイントまで、25分ほど時間があった。

紙コップのコーヒーに軽く口を付けながら、ウェブニュースの最新動向をチェックした。そして、株価の動きに目を通した。

やはり、AG住永フィナンシャルグループと村川ホールディングスの株価の動きがおかしい。両社が今年10月1日の経営統合を発表してからすでに、1ヵ月が経過している。株式の交換比率はAG住永株0・4に対して村川株1だ。つまり、両社の株価は、この交換比率に応じて、変動しないとおかしい。しかし、村川の株価は、その交換比率を下回る形で下落を続けているのだ。この株価を正当化する理屈は2つしかない。株式市場が、両社の合併比率が変更される可能性を感じているか、それとも経営統合が破談すると読み込んでいるかだ。

旧知の外資系証券のアナリストによれば、やはり村川には、まだ表面化していない、巨額の投資損失があるとの噂が、機関投資家の間で根強く囁かれているという。花島由佳は、この噂の背景を引き続き追っていたが、村川はもちろん、AG住永からも確証は取れていない。そして金融庁からも、裏付けが取れないままだった。

さらに気になるのは、朝読新聞の「薄氷の経営統合」という連載だ。筆者は編集委員の赤川武と署名されている。花島由佳は赤川と、名刺交換した程度で、さほどの面識はないが、このベテラン記者の敏腕ぶりを知らない経済記者はいない。

花島由佳は、パソコンで朝読新聞の有料サイトを立ち上げ、配信されている赤川の最新の記事に目を通した。

急拡大したアジアや東欧向け融資のリスク。意思決定の歪み、人事の力学、そして経営統合に向けた舞台裏……。

具体的なエピソードが、実名入りで次々に明かされている。新聞記事には、ある種コードがある。それは、読者への影響力を踏まえて、企業の信用を傷つけるファクトの提示には、慎重を期すという暗黙のルールだ。赤川は、ぎりぎりの線を踏まえて、自在に筆を振るっていた。

しかも、経営統合で名経営者と持ち上げられている竜崎を、冷静な筆致で批判する姿勢は、ベテランの確かな見識と、取材力、そして技が感じられた。


「持ち株会社は子会社が取り組むビジネスを監督するのが役割だ。監督と執行を分離することにこそ、持ち株会社制度を導入する本質がある。しかし、傘下の銀行や信託

銀行、リース会社などの幹部の人事権が一手に握られ、日々の業務にまで持ち株会社の竜崎太一郎社長の指揮命令が行き渡る体制は、異形と言えよう。独立した立場で、経営を監視するはずの社外役員も、竜崎社長の『お友達』だ。そして、新たに生まれる巨大金融グループの傘下には、巨大証券会社が加わる。金融グループの経営の失敗は、日本経済、いや世界経済を揺さぶる。われわれは、目の前にあるリスクを認識しなければならない」

赤川の記事は、こう結ばれていた。

これは、面白くなってきた。花島由佳は、そう思った。

AG住永フィナンシャルグループの竜崎太一郎も、広報責任者の寺田俊介も、この記事に対して、なぜか沈黙を守っている。猛烈に抗議するのが、普通だが、赤川の記事を放置したままだ。それは、なぜなのか。そして、赤川に詳細に内部情報をリークしているのは誰なのか。

2つの点と点をつなぐと、面白い絵図が浮き上がってくる。花島由佳の涼し気な目に野心的な光が宿った。

15

「まあ、お座り下さい」

村川ホールディングス社長の立野修造は、たっぷりとした頬を、厳しく引き締めると、低い声音を出した。決して長身ではなかったが、堂々とした体軀は、周囲に圧迫感を与える。

立野は、支店で個人向けの株の営業で抜群の成績をたたき出す一方で、海外経験も豊富で、最新の証券化商品の仕組みにも詳しい、やり手だ。

立野の目線が、ＡＧ住永フィナンシャルグループ社長、竜崎太一郎を捉える。そこには、何か含むものがあった。

経営統合をめぐる事務的な協議は、様々な分野で週に何度も開かれていた。ＡＧ住永と村川の本社が交互に、会合の場所としてセットされていた。会議の場所、そのものが力関係を示すメッセージとなるだけに、そこには配慮があった。

それだけに、急に立野が竜崎を、村川の本社に呼び出したことそのものが、メッセージ性を帯びていた。しかも、一人で来てほしいというのが、立野の要望だった。

村川ホールディングスの社長室で、立野と竜崎が向き合って、座っていた。

「困った資料が見つかりましてね。これが、ロンドンの株式トレーダーの手に渡っていたんですよ」

立野は、一枚のコピーをテーブルの上に置いた。

「拝見します」

そう言うと、竜崎は、そのコピーを手に取って読み始めた。

「これは……」

竜崎が絶句する。

「そうです、これはストレステストを実施した上で示されたうちの資産内容です。これだけを見れば、わが社が保有する証券化商品が、巨額の投資損失を抱えているように読み取れます」

竜崎は黙ったままだ。ストレステストとは、株式や債券市場などの世界的な暴落、自然災害、戦争などの地政学的なリスクなどを反映して、金融機関の資産内容に、どの程度のダメージが発生するのかを試算するものだ。リーマン・ショックで、世界の金融機関の資産が劣化、経営が揺さぶられ、急激な景気後退を招いた反省を踏まえて、金融機関の経営リスクを管理するための手法だ。

「これはわが社が、究極の悲観シナリオに基づいて作成した、極秘資料です。日本の金融庁だけでなく、欧米の金融当局に求められている水準より、はるかに厳しい。それは、竜崎社長もご存知ですね」

「ええ、もちろんです」

竜崎は、まるで表情を、変えずに答えた。

「この数字が一部のトレーダーに漏れていた。これが、うちの株が売られる材料になっていたわけです。苦労しましたがね。ようやく突き止めました」

立野の声は、相変わらず低く響いていた。そして、言葉を継いだ。

「実は昨年の初めに、一人幹部を首にしましてね。まあ、いろいろとあったんですが、この男が財務の担当だった。辞めた後に、ストレステストの結果の数字を言いふらしていたんです。それが、一部のマスコミの耳に入ったんですよ」

「それは、困りものですね。その男が今度は、ロンドンで、この紙を漏らしたというわけですか」

竜崎は、淡々と応じた。

「いえ、違います。その男のことは、飴をしゃぶらせたり、脅し上げたりして、黙らせました。この紙は、別のルートから漏れたものです」

立野の声は、冷静に響いた。竜崎は、何も答えない。2人の間で、沈黙が生まれた。沈黙は、やがて緊張を生み、部屋を覆いつくしていった。

「やったのは、あんただろう」

立野の鋭い、怒声がその場に響いた。立野の右手の人差し指がまっすぐに竜崎に向けられた。竜崎は黙って、立野の顔を見据えた。

「あなた方を信用しなかったわけではないが、念のため、重要なデータについては、あなた方に渡した書類の数字の末尾を少しだけ変えておいた」

そう言うと、立野は、竜崎が握ったたままの紙を指さした。

「それは、あなた方に渡した資料の数字だ。ロンドンで、これを漏らしたのは、あなただ。それ以外には考えられない。この数字が動かぬ証拠だ」

立野は、さらに声を張り上げた。腹の底から響く、野太い声が、その場の空気を激しく揺さぶった。

「ちょっと、待って下さい」

竜崎は、冷静なトーンで、立野を制した。

「言い訳など聞きたくない」

立野は、今度はトーンを抑えて、低い声を出した。

「もはや、信頼関係は崩れました。経営統合は、白紙に戻させて頂く。よろしいですね」

竜崎は、その場で、さっと立ち上がった。そして、深々と頭を下げた。

「申し訳ございません」

竜崎は、はっきりとした口調で話した。

「なぜ、こんなことになったのか分かりません。5日ほど時間をください。社内を徹底的に調査します。そして必ず、真相を突き止めます」

竜崎は、頭を下げたまま、そう言葉を継いだ。竜崎の様子を、冷めた目で見ていた立野は、ゆっくりと口を開いた。

「頭を上げて下さい」

立野は、落ち着いた調子で、竜崎に言葉をかけた。

「いいでしょう。では、5日後に、ここでお待ちしています」

立野の竜崎を見据えた視線は、冷えた光を宿したままだった。

16

「ご多忙のところ、急にお呼び立てしてしまい、申し訳ない」

AG住永フィナンシャルグループ相談役の栗山勇五郎は軽く、頭を下げると、手前の椅子に座るように、促した。

その相手は、ジャガービール元会長の宗森文也《むねもりふみや》だ。宗森は、AG住永の社外取締役を務めている。すでに、時計の針は午後10時を回っている。宗森は会食を終えて、栗山が待つヘークランドホテル内のバーの個室に駆け付けたのだった。

宗森は栗山とは、財界活動を通じて旧知の間柄だった。昨年秋にＡＧ住永フィナンシャルグループ副社長、安井成之のセットで会食を共にして以来、折に触れて意見交換する関係だった。

「急なお声がけだったので、驚きましたよ。何かありましたか」

宗森が、心配そうな表情を浮かべる。すでに70歳に近い年齢だが、黒々とした髪の毛は豊かで、若々しい容姿だ。少し贅肉が付いたとはいえ、かつての精悍な男ぶりが十分に連想された。学生時代は六大学野球で、慶早大学の３番サードで鳴らした名選手だったというのは、宗森を語る上で、外せない武勇伝だ。

「実は、お恥ずかしながら、わが社のガバナンスが大変な危機に陥っているのです」

栗山は、穏やかな調子で話した。ただ、相手を威圧するような空気を崩さないのは、ＡＧ銀行頭取時代と、何ら変わりはない。

「ガバナンスの危機ですか」

聞き捨てならない言葉に、宗森の眉間に皺が寄り、警戒心が露わになった。

「ええ、竜崎君にいろいろと見過ごせない問題が発生していましてね」

ＡＧ住永フィナンシャルグループ社長の竜崎太一郎の名前を耳にした宗森の顔が、さっと曇った。

金融担当相の富永平太の提唱で、コーポレートガバナンス（企業統治）の改革が日本企業でも急速に進んでいた。経営陣の独走や緩みを監視するために、社外取締役を起用する流れが定着しつつあった。ＡＧ住永出身ではなく、メインの取引先ではない企業の経営陣、大学教授や弁護士などの有識者で、利害関係のない独立した人物が、社外取締役に選出され、外部の目線でＡＧ住永の経営を監督、監視する仕組みになっている。

ジャガービールは、あずさ銀行がメインバンクで、ＡＧ住永からの融資残高は、わずかだ。ただ、経営者仲間の勉強会を通じて、竜崎と宗森は親しい関係だった。宗森が、竜崎と近い関係なのは、社内外でよく知られている。

ジャガービールの社長、会長を務めて現在は特に肩書のない宗森にとって、社会的な威信や収入を確保する意味で、ＡＧ住永の社外取締役でいるメリットは大きかった。

無論、竜崎にとっても、気脈の通じた宗森が社外役員でいることは、経営を担っていく上で、重要だった。宗森は、４人の社外役員で構成される指名委員会の委員長も担っている。指名委員会は、代表取締役らの選任、解任を株主総会に諮る議案を決定する権限を持っている。代表取締役に人事権が集中するのを防ぐための仕組みだ。無論、竜崎が宗森に指名委員会の委員長という重要な役割を任せたのは、宗森との緊密なパイプがあるからだ。

竜崎と宗森の関係は、こうした利害関係に裏打ちされた阿吽《あうん》の呼吸があったのだ。

「実は、経営統合する村川ホールディングスの財務シミュレーションの数字が、ロンドンの市場関係者に漏れてしまいましてね。それをやったのは竜崎君らしいのです。それが、村川側に摑まれました。まったく私も、弱りましてね。わが社と村川は、機密保持契約を結んで、資産査定を進めています。これは、重大な契約違反です。まあ、誤解を恐れずに言えば犯罪です」

栗山は冷静な口調だが、その視線には、宗森を逃さない力がこもっていた。

「確実な証拠があるのですか」

宗森の顔から色が消え、唇が微かに震えていた。

「ええ。これが、村川に握られた資料です。うちに渡したものにしか記載されていない数字があるそうです」

栗山は、そう言って、宗森に一枚のコピーを手渡した。栗山とて、宗森が竜崎と親しいことは熟知していた。それを十分に計算に入れて、仕掛けているのだ。

「お願いしたいことは一点のみです」

栗山は、宗森の顔に、まっすぐに視線を注いだ。

「臨時の指名委員会を開き、竜崎君の解任案を決議してもらいたい」

「それは……」

「あなたも、朝読新聞に、AG住永の社外取締役は機能していない、竜崎のお友達だ、などと、これ以上、揶揄されたくはないでしょう。社外役員として、この件を知りながら、放置したとあっては、マスコミの追及も、あの程度ではすみませんよ。それは、お分かりですね。この件をきちんと処理した方が、あなたの社外役員としての株は上がります」

宗森は、しばらく沈黙を続けた。栗山の脅しを含んだ言葉に、宗森の顔が歪み、眉間の皺が深くなった。しかし、栗山に向かって、ゆっくりと首を縦に振った。

栗山の老人斑で、覆われたしわくちゃの顔に、赤みが差し、口元は満足気に大きく緩んだ。

宗森が帰るや否や、栗山は、携帯電話から副社長の安井成之に電話した。

「昨日は、ありがとう。社外役員の宗森にすべて話した。もう、これで、竜崎は終わりだ」

安井は、この件が耳に入るや否や、栗山に報告していたのだ。

「はっ。はい」

送話口から伝わる安井の声は、か細く、静かに響いた。しかし、電話口の先で、安井が頬を緩め、不敵な笑みを浮かべていることなど、栗山には知る由もなかった。

17

ニュース・インサイトの記者、花島由佳のスマートフォンが、細かく振動した。着信は、金融担当相の富永平太だった。花島由佳はニュース・インサイトのオフィスで、原稿のチェックをしている最中だった。

時計の針は午後5時を回ったばかりだった。

「AG住永の竜崎社長が、相談役制度の廃止を打ち出すって言ってきたよ。君の方で、今からうまく記事にしてくれないか。僕は明日の記者会見で、上場企業は相談役制度の廃止が望ましいという発信をする」

富永の声は、状況を楽しんでいるかのように、軽く弾んでいた。元慶早大教授の富永は、学者として研究実績を積み上げるより、言論活動を繰り広げ、現実の政策立案を主導することで、力を発揮するタイプだ。金融担当相の諮問機関である金融審議会コーポレートガバナンス改革検討委員会の中間報告の取りまとめが、来週に迫っていた。

上場企業の相談役制度の廃止は、改革委員会の議論の一つの柱になっていた。何ら経営の責任を負っていない元社長が、相談役として経営に睨みを利かせ、隠然とした影響力を発揮し続けるのは、コーポレートガバナンス（企業統治）を不透明にしており、特に外国人投資家の間で、評判が悪い。ただ、相談役制度の廃止は、経済団体の間で反対が強く、改革委員会の中間報告では企業側の努力義務と説明責任が記される方向にとどまり、簡単には廃止の方針が打ち出せない状況に陥り、富永を悩ませていた。

メガバンクのAG住永フィナンシャルグループが相談役制度の廃止に踏み切るなら、上場企業全体に廃止の方向の流れを作ることが可能になる。中間報告にも、廃止の方針を明記する推進力になる。学者出身大臣の富永にすれば、市場にアピールできる成果の一つとなるのだ。

「ご連絡ありがとうございます。承りました。裏を取った上で、そうですね。今夜9時までには、アップしたいと思います。あらためて、ご連絡します」

一方で、花島由佳の思考は、別の点に向かった。やはり、AG住永の中で、大きな地殻変動が起こっている。花島由佳は自分の勘が現実になりつつある手応えを感じていた。

花島由佳は、富永からの電話を終えると、しばらく頭を整理すると意を決し、AG住永フィナンシャルグループ社長の竜崎太一郎の携帯電話を呼び出し、コールした。

18

社長室のソファーに深々と腰かけた竜崎太一郎は、AG住永銀行専務の寺田俊介と向き合っていた。

「メールで伝えた通りだが、例の件が、村川の立野社長に摑まれた。一昨日、立野社長に呼びつけられ、経営統合は白紙にすると言われた」

竜崎は、何気ない口調で、事実だけを寺田に伝えた。左の頰が緩み、冷たい笑みさえ浮かんでいる。

海外投資家向けの説明会でアメリカに出張していた寺田は、ニューヨークからの便で、夕方に東京に戻ったばかりだった。竜崎からきたメールを受け取り、飛行機の中でもほとんど眠れなかった。寺田の目は赤く充血していた。寺田の顔に、不安と焦りが浮かぶのを確認しながら、竜崎は、クールな声音で、話を続けた。

「ロンドンで漏れた数字は、確かに過度に悲観的なシナリオに基づいた試算だが、村川が、米系の証券会社が組成した証券化商品を抱えすぎているのも、また揺るぎない事実だ」

「はい」

寺田は簡潔に答えた。

欧米の中小企業向けの融資や、自動車ローンなどを組み合わせた証券化商品は、高い配当利回りが約束され、世界的なカネ余り現象が続く中で、投資家の間で人気を集めた。ただ、世界的に景気後退リスクが高まると、投資家の間に、こうした証券化商品を手放す流れが生まれつつあった。

金融当局にリスクを指摘されるレベルではないが、村川が描いた危機シナリオが現実になる可能性は決して低くはないと竜崎は見ていた。そして村川ホールディングスの立野修造が、誰よりも、その危険性を感じているはずだった。

「これだけのリスクを抱えて、うちとの経営統合を白紙に戻せば、困るのは村川の方だ」

「いずれ、わが社の信用補完が不可欠になる、というわけですね」

「そうだ。もはや、村川は私の手から逃れられない」

経営統合の前に、ＡＧ住永フィナンシャルグループが村川ホールディングスの資本不足を補うために大規模な増資を引き受ける。その際に、統合後の持ち株会社のＡＧ住永出身者の割合を一気に高め、持ち株会社の名前も「ＡＧ住永フィナンシャルグループ」にする。こうして、村川を事実上、吸収合併してしまうのが、竜崎の目論見であることを、寺田も、理解しつつあった。

「ただ、今回のロンドンでの情報漏れが、失態であることは、間違いない」

竜崎は、こう言うと、少し遠くの方を見つめるような眼をした。今回、ロンドンで村川の資産内容のデータを漏らすシナリオを考えたのは、竜崎だった。竜崎は、村川の証券化商品をめぐる損失リスクの噂を聞きつけており、経営統合に向けた資産査定の過程で、データを確認して、ロンドンの大手証券会社のトレーダーに情報を漏らす作戦を思いついたのだ。

ただ、竜崎の指示を受けて実際に動いたのは寺田だ。寺田はロンドンに出張に行くと、現地法人の会長となった元ＡＧ銀行専務の尾山信彦と連携して、欧州系の大手証券会社のトレーダーと接触した。市場にも影響力の大きい敏腕トレーダーに資料を極秘に渡すことで、欧州市場から、村川ホールディングス株に売り圧力が高まるよう仕掛けたのだ。

「今回の件は、君がシナリオを描いて、実行したことだ。仮に第三者委員会を設置することになり、正式な調査になれば、君の責任が明白になる。君には今回の失敗の責任を取って退任してもらう。いいな。そう村川の立野社長に報告する」

竜崎は、まるで無機質な物でも見るように、寺田を見た。竜崎の目からは感情が抜け落ち、冷え冷えと凍り付いていた。

寺田は目を伏せたまま、黙っていた。

ちょうど、その時、デスクの上にあった竜崎のスマートフォンが、かすかに震えた。竜崎は着信を確認すると「花島記者だ。ちょっと出るぞ」と寺田に告げて、そのまま電話に出た。

「竜崎です」

竜崎は、そう応じると、花島由佳の言葉を黙って聞いていた。

「分かりました。花島さんのリスクで記事を書かれるなら、私の方で、止めることはできませんね」

竜崎は、寺田にも聞こえるようにそう言うと電話を切った。

「わがグループは、相談役制度を廃止することにした。昨日、富永大臣にもご報告したところだ。大変にお喜びだった。明日の記者会見で、大臣からも上場企業全体での廃止方針が打ち出される。うちが、その先鞭を付けることになるわけだ。市場にもメディアにも評価されるだろう」

社外取締役の宗森文也から、相談役の栗山勇五郎が、臨時指名委員会を開いて、竜崎を解任するよう求めてきたという知らせがあったのは一昨日の深夜だ。栗山はロンドンでの情報漏れで、村川ホールディングスとの関係が、一気に破談になると読み、竜崎の経営責任を追及する構えを見せた。しかし現実には、村川に経営統合を破談にする選択肢はないのだ。本件は、いずれ秘密裡に処理される。これは村川の社長、立野修造と竜崎の主導権争いをめぐる駆け引きに過ぎない。栗山は、そこを見誤ったのだ。

クーデターを画策した栗山に対して竜崎は、相談役制度の廃止というカードを切って、栗山を一気に追い込んだのだ。そもそも、竜崎は宗森に社外役員のポストだけでなく、様々な利得を与えており、朝読新聞の赤川武編集委員に「お友達」などと揶揄された程度で、揺らぐ関係ではないのだ。

「花島記者の記事が出れば、他のマスコミも大騒ぎになるだろう。君の方で、うまく捌いてくれ。これが広報マンとしての君の最後の仕事だ」

竜崎は淡々とした様子のまま、言葉を継いだ。

「それから、退任後のことは心配するな。村川の手前、目立った処遇はできないが、ニューヨークの現地法人の顧問や取引先企業のアドバイザーなどの仕事を確実にセットする。

特別に、君の今の報酬の8割の水準を今後10年間保証する。のんびりゴルフでもして、アメリカでの生活を楽しめばいい」

竜崎の口調は、寺田に素敵なプレゼントでも差し出すかのような調子だった。

そうか、竜崎の自分への期待など、この程度だったのだ。これまで沈黙していた寺田がようやく顔を上げた。

寺田の目は焦点を失った。竜崎から見れば、寺田など簡単に替えの利く将棋の駒、それも「歩《ふ》」に過ぎなかったのだ。多くの歩の中で、少しばかり使い勝手がよかっただけだ。どれだけ勘違いして、何を舞い上がっていたのだろう。寺田の顔からは緊張感が抜け、心が物事を捉える力を失っていった。

「何か、不満でもあるか」

竜崎はそう言うと、問いの中に、威圧を込めた目で寺田を見た。

「いいえ。ご配慮、ありがとうございます」

そう答えた寺田の声は、小刻みに揺れていた。

19

すでに4月も中旬になり、満開だった桜も盛りを過ぎた。暖かい空気に包まれ始めた横浜の街にも、気まぐれに冷たい風が流れ込む。公園のベンチに座った文香は、青いライトに照らされたベイブリッジを眺めていた。空は、すっかり夜の帳《とばり》が下りている。オレンジ色の街灯が、古びたビルの群れと散り際を待つ桜の花びらを、ぼんやりと浮き上がらせていた。

「雄太さん、ごめんね。父が変なこと言っちゃったから。就活中だし、気になっているよね」

文香は、そう言うと、雄太の引き締まった横顔を見た。

「もちろん、気になっているよ。あれから、ずっと考えている。でも、お父さんの話は、決して『変なこと』ではないよ。僕に考える機会を与えてくれたんだ」

文香は、黙って雄太の顔を見つめ続けた。

「そう。世の中は、きれいごとじゃない、ってことだよね。やっぱ、僕は甘ちゃんなのかな」

雄太は、少しだけ白い歯を見せると、自嘲気味に頬を緩めた。

「そんなことない。雄太さんは、いい所がいっぱいあるもん」

「ありがとう。文ちゃんは、僕の味方だな」

「そんなの、当たり前じゃない」

文香は、頬を膨らませて、少しむくれたような顔をして雄太を見た。

「でもさ、文ちゃん。僕は、やっぱり金融の世界で自分の力を試してみたいと思う。その気持ちに変わりはないんだ」

「え、本当なの？」

文香は、目を丸く見開いた。雄太の言葉は、想像とはまったく違う方向に向かっていた。

「でも、卒業してすぐじゃないんだ」

「どういうこと？」

「卒業したら、まずアメリカの西海岸の大学院に留学しようと思う。奨学金が取れそうなんだ。アメリカで、最新の金融理論とケーススタディーを徹底的に、ここに叩き込んでくる」

雄太は、そう言うと、右手の人差し指で、自分のこめかみの辺りを軽くつついた。

「お父さんが話したことって、金融とかメーカーとか、日本とか、アメリカとか中国とか、そういうのと関係がないと思う。きっと組織で働くって、ああいうことなんじゃないかな」

雄太は、ひと呼吸、置くと、怪訝な表情を浮かべた文香の顔を見た。そして言葉を続けた。

「上司は部下に責任を押し付け、手柄を奪い取る。それが企業社会なら、僕は自分の力を付けて、抗って、戦って、上司を叩き潰してでも生き残りたい。たとえ現実が、どんなに歪んだ世界だって僕は負けるのは嫌だ」

雄太の眉間には深いしわが寄り、両目には、強い意志の力が漲っていた。

「でもね。アルバイト代なんか関係なく、子供たちに勉強を教えるとか、期末試験が迫っていても障害のある子供たちのためにボランティアに行くとか、仲間をまとめるために自分が犠牲になって人知れず汗を流すとか、他人や世の中のために尽くす雄太さんを忘れないで欲しい。それがなくなるなら、どんなに雄太さんが勝ったって、意味なんてないよ」

文香は、遠い先に視線を向けたまま、そう言った。文香の言葉を聞いた雄太は、力が抜けたように、白い歯を出し、頰を緩めた。

「まったく、文ちゃんらしいな」

文香も、雄太を見て、照れたような笑みを見せた。

「ねえ、文ちゃん、2年ぐらいは日本を留守にするけど、僕のこと待っていてくれるかな」

「待ってなんて、いるわけないでしょ」

「えっ……」

「私だって、たくさん勉強するよ。留学もしたいし。それからバリバリ働く。待っているんじゃなくて、雄太さんのこと、ガンガン突き上げちゃうから」

そう言うと文香は、雄太の手を強く握り、雄太の肩に自分の頭を乗せた。

20

次の土曜日の午前。文香は父と一緒に久々にドライブに出かけた。父が運転する国産の中型乗用車は、第三京浜《けいひん》を横浜方面に向かって走っていた。

昼には鎌倉に着いて、評判のイタリアンでランチを楽しむ段取りだ。

車は快調にスピードを上げた。空は晴れ渡っている。ドライブに誘ったのは父の方だったが、特に、何か話し出すこともないまま、時間が過ぎていた。

文香は、窓の外を流れる山の緑や郊外の街並みをぼんやりと眺めていたが、意を決したように運転中の父の方に視線を向け、口を開いた。

「雄太さんのことなんだけど……」

「金杉君か。なかなかいい青年じゃないか。将来に期待が持てそうだな」

父は、さらりと言葉を返した。

「アメリカの大学院に行って金融の勉強をしたいって」

「そうか。それは、いい考えだ」

文香は、少し間を置いてから言葉を継いだ。

「それからやっぱりメガバンクに就職したいって」

父から、しばらく返事がなかった。運転に集中しているのか、話す言葉を探しているのか、文香には分からなかった。

「そうか。それも一つの考え方かも知れないな」

父は、しばらく経ってからそう答えた。

「たくさん勉強して力を付けて、上司を叩き潰してでも組織の中で勝ちたいって。そう言ってた」

文香の言葉には父への問いが含まれていたが、父は再び黙り込んだ。

文香は、さらに話を続けた。

「頑張れば、能力があれば、銀行で上司をやり込めて、組織の中で勝つことなんてできるのかな。雄太さんの考えって、どうなのか……。私にはよく分からなくって」

「そうだな。正直、僕にも、よく分からないよ。おかしいとも言えるし、おかしくないとも言える」

文香は、黙ったまま、父の横顔を見た。

「世の中、何が起こるのか、誰にも分からない。不確実性のスピードは、これから、さらに加速するだろう。不条理に、運命が暗転することもあれば、突然、可能性が開けることもある。ただ、チャンスを摑むためには、しっかりした準備と強い意志が必要だろう。そして、自分を持つことだ。自分の目と耳を開いて、自分の感覚を研ぎ澄まさないといけない。他人の顔色ばかり見ていると、いつのまにか飲み込まれてしまう。自分の感覚を失うと、人生まで損なってしまう」

父は、まるで独り言のように、言葉を連ねた。文香は、フロントガラスの先を見つめる父の横顔を見た。文香の目には、迷いのない父の表情が、見て取れた。

文香は、ここしばらく父が何を考えているのか分からなくなっていた。そして今も、父が何を思い描いているのか、文香には分からないままだ。

しかし父の身に何か重大なことが起きたことは、理解できた。そして、今の父の言葉からは、父のものでしかない、生々しい何かが、あふれ出していた。

「今の言葉、なんか、格好いいよ」

文香は、そう言うと、くすりと笑った。

「文香、僕のことを馬鹿にしてるだろう」

父は軽い調子でそう言うと、吹き出すように笑い出した。そして、文香もつられて、吹き出すように笑った。

寺田俊介は、社長室に入るや否や、深く一礼すると胸ポケットに入った辞表を取り出して、両手で、竜崎太一郎に手渡した。

竜崎は、形式的な手続きと解したのだろう。簡単に辞表を受け取ると、すぐに机の上に辞表を置いた。そして寺田の方に目を向けることもなく「ご苦労様でした」と呟いた。

「お話ししたいことがあります」

寺田がこう告げると、竜崎は「まだ、何の話があるのだ」とでも言いたげな表情を浮かべて寺田の方を向いた。そして、腕時計に軽く目をやる。

「なんだ。あまり時間はないぞ」

「ある程度は、時間を取って頂くことになります」

寺田は、竜崎に向かって、きっぱりとした口調で告げた。

竜崎は、寺田の方に探るような視線を向けると、右手で寺田にソファーに座るように促した。

「今は、私がＡＧ住永フィナンシャルグループのコンプライアンスの責任者です。ご報告すべき事項があります」

寺田は、竜崎に真っすぐな視線を向けた。

寺田は、傘下銀行のＡＧ住永銀行の専務という職務に加えて、持ち株会社の、広報と総務を担当、コンプライアンス（法令遵守）も所掌だった。寺田はスーツの胸ポケットの中から、スティック型のＩＣレコーダーを取り出した。スイッチを押すと、そのまま竜崎の顔に視線を戻した。ＩＣレコーダーから、竜崎の声が流れた。

「……。ともかく、このストレステストの結果は、村川の資産内容の悪化を示している。これをロンドンの市場関係者に、巧く漏らしてほしい。東京やニューヨークは、さすがに足が付きやすい。幸いロンドンには、尾山君がいる。彼の人脈をうまく使えばリスクは低いだろう。寺田君は、尾山君と連携して、実行に移してくれ。来週にでも動いてほしい……」

寺田は、スイッチをオフにすると、口を開いた。

「以上のように社長の明確な指示がございますので、村川側から指摘のあった情報漏洩の責任は、社長にとって頂くほか、ございません。無論、実行を手掛けた私にも責任があることは認識しております。ただ一義的には社長の責任です。村川ホールディングスの立野社長にも、そのようにご説明頂ければと思います」

寺田の顔からは感情の動きが見えなくなった。ただ、その目は、揺るぎない意思を示していた。

「何だと……」

竜崎の目は大きく見開かれ、顔には、紅い色が差し、唇が不快感を示すように歪んだ。右手が強く握られ、小刻みに震えていた。

「さらに、もう一点、ご報告すべきことがございます」

竜崎は黙って寺田を見た。

寺田は再びスーツの胸ポケットに手を入れると、茶封筒を取り出し、そこから2枚の写真を取り出した。

そこには、竜崎が定宿にしている六本木のガルブレーホテルの最上階のバーで、竜崎とニュース・インサイト記者の花島由佳がカウンターに並んで語り合っている場面が写っていた。

「ただ、一緒に酒を飲んでいただけだ。何の問題がある」

竜崎は、ようやく口を開いた。実は、懇意のフリーカメラマンに尾行させていたので、花島由佳が、竜崎の部屋に寄らずに、いつもそのまま帰っていることは寺田も知っていた。

寺田は竜崎の問いには答えないまま、さらに、封筒の中から、データが記された表を取り出して、テーブルの上に置いた。

「これは、社長のスマートフォンの通話記録のデータです。グループから貸与された携帯電話の通話記録は、グループ内に保管されております。コンプライアンス担当として確認をさせて頂きました」

ある日付の通話記録に赤いアンダーラインが引かれていた。午後10時37分から27秒間の通話。この日は、花島由佳が、AG住永フィナンシャルグループと村川ホールディングスの経営統合をスクープした日だ。そして、記事がアップされたのは、この通話から10分後だ。

「相手の番号を確認しますと、花島記者でした」

「だから、何だと言うんだ。こんなものは状況証拠に過ぎんだろう」

竜崎の言葉を再び無視したまま、寺田はICレコーダーから別の音声を呼び出して流した。

「ああ竜崎だ。……。例の村川との経営統合の件だが、すぐに記事をアップしたらいい。……。そう、すぐにだ。できるだけ急いだ方がいい。……。では、また」

寺田は、ICレコーダーをオフにして、口を開いた。

「あの日、席を外すように言われたので、こっそりソファーの後ろにレコーダーを仕掛けておいたんです」

「盗聴か」

竜崎は短く、吐き捨てた。

「この録音と、通話記録を突き合わせると、社長が経営統合という重要事項を意図的に漏らされたことが立証できます。これも極めて不適切な情報管理です。このように不適切なケースを2件も把握した以上、立場上、社外役員で構成されるコンプライアンス委員会の開催をお願いし、証拠を提出するほかありません。さらに、あの写真が、仮に週刊誌に摑まれれば、記者との不適切な関係が情報漏洩を招いたという印象を、世論も株主も持ってしまうことは避けられません。社長には、クラブ・バラードの香澄の件もあります。その件と合わせて週刊誌の記事になれば、ますます不適切な印象が形成されるでしょう。大変、厳しい状況にあることをご報告させて頂くほかありません」

凍り付いたように静まり返った社長室に、抑揚のない寺田の声が、低く響いた。

竜崎は、右手を持ち上げると、人差し指と親指を顎のあたりに当てた。両目は、鋭く細められた。

「何が、望みだ」

竜崎からの問いには答えず、寺田は黙ったまま、視線を竜崎に注いだ。

「アメリカでの報酬は現在の君の報酬から2割、上乗せする。それを10年間だ」

寺田は、まるで表情を変えないまま、黙って竜崎の顔を見続けた。そして、ゆっくりと首を横に振った。

「ロンドンでの情報漏洩の件は、安井君が計画し、尾山君と一緒に実行した。責任は2人に取ってもらう。空席となった持ち株会社の副社長に君が、昇格することにする」

竜崎は顔色一つ変えずに、そう寺田に告げた。

「私は、このようなことを社長にお話ししている以上、もうAG住永フィナンシャルグループのお世話には、なれません。銀行員としてけじめを付けます。さきほどの辞表は、そういう意味です」

「本気か……」

竜崎の眉間に皺が寄った。

「はい。外資系から、いくつか話があります」

寺田は淡々と答えた。外資系からオファーが来ているというのは事実ではなかった。しかし、海外経験や広報での実績をアピールすれば、外資で、それなりの食い扶持を見つけられる自信はあった。

「そもそも、安井副社長が計画して尾山さんが実行したというご都合主義のシナリオで村川の立野社長が、納得するはずがありません」

「分かった。1日、考えさせてくれ」

竜崎の口調は、相変わらず悠然としていた。

「いいえ。それは無理です。本件は、すでに栗山相談役にもお話ししてあります。本日中に栗山相談役と話し合いの場を持って、決着を付けて下さい。でないと栗山相談役がどんな行動をとるか私には責任が持てません」

相談役から外れることが決まった栗山は、竜崎の件をマスコミにリークすることも金融庁に持ち込むことも村川ホールディングスの立野修造に話すことも可能だった。ポストを追われ手負いの状況の栗山が納得するシナリオは一つしか考えられなかった。

「そうか……」

そうつぶやくと竜崎の顔から、あらゆる感情が消えた。しかし、しばらくして、ふっと力が抜けたように、両頰が緩み、口の端から笑みがこぼれ落ちた。そして、竜崎の全身の力が緩み、緊張や、攻撃性が、ゆらゆらと消えていった。そして、竜崎の目は、焦点が弱まり、何もない空間を彷徨《さまよ》った。その視点は、どこか遠くへと移った。

「分かった。僕が身を引く。これから栗山相談役と話し合いの場を持つ。それで文句はないな」

竜崎の言葉は、あっけないほど率直だった。

「承りました。ご決断を尊重致します」

寺田は、そう言うと竜崎に向けて深々と頭を下げた。

22

1週間後、AG住永フィナンシャルグループの社長室に、副社長の安井成之の姿があった。

「宜しくお願いします」

安井の声が、くっきりと響いた。安井のやせた顔に凄みが生まれ、全身からは別人のような堂々とした威厳が伝わってきた。

「君も、経営者らしくなった。社長のバトンを渡すには、ベストのタイミングだ」

社長の竜崎太一郎は、そう応じると、言葉を続けた。

竜崎が社長辞任の決断を伝えた席で、相談役の栗山勇五郎との間で、次期トップ人事についての話し合いが持たれた。

これまでの経歴を考えれば傘下のＡＧ住永銀行頭取の宇野忠則《うのただのり》の昇格が順当だった。しかし、竜崎の直系との印象が強く、栗山が納得しなかった。それから、グループ内の序列に従って、何人かの名前が浮かんでは消えた。そして最後に残ったのは副社長の安井成之だった。中間派で、トップ就任に野心を持っていると誰からも思われていなかったことが功を奏した。持ち株会社の実務に通じて、グループの状況を把握していることもプラスに働いた。急なトップ交代のため下の世代のエリートたちは巨大な金融グループを率いるには経験不足で、世代を飛び越えてバトンを渡す準備ができていなかったのだ。

そして安井本人は、自分にチャンスが回ってくる可能性を視野に入れ、経営陣の混乱の行方を虎視眈々と見極めていたのだ。

「まず私は、顧問となって経営から完全に身を引く。経営のかじ取りはすべて君に任せる。私から、引き継ぐべきことは２つだけだ」

日本の主力銀行で頭取や社長を担えば、その後は代表権のある会長になり、その任期を終えると相談役や顧問になるのが普通だ。組織でトップを担った人間として、生涯にわたって権力と名誉、報酬が、守られる仕組みになっている。

社長退任後、代表権を手放した上、会長の職にも就かない竜崎はグループ内でのパワーを一気に失うことになる。

「実は年明け早々、ＦＲＢの旧知の幹部から連絡があった。うちのグループには2つの点で問題がある。ひとつは、アジア、東欧、南米向けの企業融資の引当金不足だ。ＦＲＢは近く、米国の金融機関に対して、景気の現状や担保価値の再算定を求め、アジアや東欧、南米企業向けの融資に、厳しい資産査定を求める方針に切り替えるそうだ。世界的な景気後退に備えて、金融危機のリスクの芽を摘む狙いだ。うちは、そうした国の企業向けの融資残高が多い。しかも、不動産価格の下落で、担保不足に陥っているケースもある。いずれ市場関係者も、騒ぎ出すだろう。日本の金融庁の検査や監督の締め付けも厳しくなる。それから、2年前に買収したインドネシアの銀行にマネーロンダリング疑惑が出ている。コロンビアの麻薬密売組織の資金洗浄に使われているとの疑惑が持たれている。これは、やっかいだ。来月には表面化するのは避けられない。世界中のメディアから、厳しいバッシングを受けることを覚悟しなければならない」

ＦＲＢ（米連邦準備制度理事会）は、アメリカの中央銀行で、日本の日銀にあたる。短期金利を操作する金融政策等を通じて、マネーの供給をコントロールし、物価の安定や、雇用の維持、景気の減速や過熱に対応している。ＦＲＢは、それに加えて、日本の金融庁が担っている銀行の監督や検査などの金融行政も担当しているのだ。

ＦＲＢの動きは、安井も常に注意していたが、竜崎の話は初耳だった。朝読新聞の編集委員、赤川武の記事は、ある意味で、正鵠を射ていたとも言える。

「資金洗浄の件は私にとっても想定外だった。ただ、海外融資の膨張は懸念していた。いずれ、そうした危機が顕在化することは予測の範囲内だった。村川との件も、大きくなることで、荒波を乗り切りたいのが私の本音だった」

「分かりました」

安井は、短く答えた。

「海外向けの融資の不良債権問題は深刻にとらえた方がいい。七菱《ななびし》やあずさ、他の金融グループは、うちほどは海外融資にのめり込んでいない。ただ、うちを救済する体力も意思もないだろう。だから、もしもの時は、政府から公的資金の注入を受ける覚悟もするべきだ」

リーマン・ブラザーズの経営破綻は、世界の金融市場にショックを与えた。金融機関の破綻が、金融システムを揺さぶり、世界的な景気後退を招きかねないことは、すでに世界の政治家や政策担当者の間で、共有されている。そのため、金融危機の際には、公的資金と呼ばれる税金による資本増強で、銀行の破綻を救うのが、常套手段となっている。

日本でもバブル崩壊による不良債権の拡大で、大手銀行の資産内容が悪化した。これに対して政府から公的資金が注入され、金融システムの安定化が図られた。

しかし、ここには、いくつかの罠がある。なぜ、銀行だけが、税金である公的資金で救われるのか。大衆は、高給の銀行員、特に銀行経営者に怨嗟の感情を抱いている。金融システムを守り、急激な景気後退を避けるためという理屈は、庶民の常識とは、どこまでも乖離《かいり》し、怒りの感情を収めるのは並大抵ではない。

さらに言えば、失敗しても公的資金で救済されるという予見は、銀行の経営陣から緊張感を奪う。経営が悪化した際に、一か八かの過大なリスクテークに経営陣を踏み切らせる誘因ともなりうるのだ。こうしたモラルハザード（倫理の欠如）が、マスコミから厳しく指弾され、政治問題化することになる。

実際に公的資金が注入されることになれば、経営陣は刑事責任も含めて厳しく責任を問われる。人員整理、給与カット、資産売却は避けて通れない。経営計画は政府に厳しくチェックされ、箸の上げ下ろしまで、細かく管理されるのだ。マスコミの報道も厳しくなり、世論の風当たりも強くなる。税金で救われたというレッテルは、銀行の経営陣や行員を追い詰める。

政府からの公的資金の注入は銀行経営者の最後の逃げ場であると同時に悪夢にほかなら

ない。

「公的資金を避ける道が一つだけある。ネットビジネスの巨人、ワールドフィールドテックだ。木谷社長とは、これまで提携関係に向けた協議を続けてきた。合弁会社の設立までは合意にこぎ着けている。実は、さらに巨額増資の引き受けに向けて検討を進めてもらっている。可能性があるとしたら、彼だけだ」

「ワールドフィールドテックの木谷社長ですか……」

安井は軽く、眉をひそめた。Tシャツにジーンズ。ワールドフィールドテック社長の木谷英輔は、皮肉で刺激的な言葉と不敵な笑みで、市場や産業界を刺激し続けている。女優やアイドルと浮名を流し、派手な金遣いで、マスコミを騒がせ続けている男だ。

海外向け融資の不良債権化や買収した銀行の資金洗浄疑惑、それにワールドフィールドテックの木谷英輔……。竜崎から示された言葉は、どれも厳しい現実を安井に突き付けていた。

しかし、示された危機は、いずれもぼんやりとして、明確な輪郭がイメージできない。それより安井の中には今、手にした強大な力に、魅了され、酔ったような高揚感が広がっていた。全身を包み込んだ強烈な力が、提示された危機を軽々と飲み込み、すべてが可能になるという確信だけが、安井の心を満たしていた。

「私は木谷社長との関係が最後の可能性だと思っている。君とグループへの私からの最後のプレゼントだ。ただ、簡単な男ではないぞ」

竜崎は、そういうと、いつものように、薄く笑った。

AG住永フィナンシャルグループの社長交代は、この日から2週間後に発表されることが決まった。社外役員のジャガービール元会長の宗森文也を委員長とする指名委員会を開き、安井成之を社長に選出する段取りも内々に固まった。宗森は、竜崎の描いた計画通りに動くことを約束した。それは、安井が社長になっても、宗森を社外役員として起用し続けるという阿吽の呼吸の上で成立した合意だった。

竜崎太一郎の退任については、村川ホールディングスとの経営統合に道筋を付けたことを花道に退任すると、対外的に説明することになった。村川ホールディングス社長の立野修造も、竜崎の退任で情報漏れのけじめを付けることに同意、すべて不問に付すことを了承した。

竜崎が代表権を返上して会長にも就かず顧問となることには「銀行での権力にしがみつかず、後任に経営の主導権をすべて渡した」という美談に仕立て、流布する演出も、安井によって描かれた。

そして、相談役の栗山勇五郎も顧問になり、事実上、身を引くことを受け入れた。

23

ＡＧ住永フィナンシャルグループの社長就任を目前に控えた安井成之は、六本木のガルブレーホテルのスイートルームに陣取っていた。ここには何度か、竜崎太一郎への急な報告のために訪れたことがあった。その時と比べると調度品、家具、食器、照明に至るあらゆる物が、まるで別の風合いや輝きを放っていた。すべてが安井のために用意された、安井のための空間へと変わっていた。

安井は、腹の底から、力が湧き上がり、他者を圧倒する威厳や落ち着きが、身体全体に備わっていくのを実感しつつあった。

しかし、メガバンクのトップに立つことが決まって、対外的に最初に会うのが、この男なのかと思うと、どこか違和感が拭えなかった。

黒いジャケットに丸首のグレーのＴシャツ。ジーンズに、スニーカーを履いた30代前半の優男が、安井の前にリラックスした様子で、腰かけていた。ワールドフィールドテック社長の木谷英輔だ。

「びっくりしましたね。竜崎さんが辞めるなんて。まあ、僕には関係ないんで、詮索はしませんけど。安井さんに、ちゃんと仕事をしてもらえればいいだけですから」

木谷は軽い調子で話し始めた。まだ、顔つきにも全身にも、人生の蓄積が感じられない。AG住永銀行なら支店の課長にもなれない年齢だ。今の自分の力なら、難なく交渉が進められると、安井は、木谷を値踏みした。

木谷は、マスコミで天才経営者と持ち上げられ、海外でも注目されている。ただ、安井には、その内実は、巧みな話術と頭の回転の速さだけを頼りに、ネットビジネスの波に乗って偶然チャンスを摑んだだけの空虚な若造にしか、見えなかった。

「僕の提案書は、見てもらえましたよね」

「ええ」

「僕はね。5年間は、マジで金融のビジネスやってみようかなって腹決めたんですよ。ワールドフィールドテックのビジネスは当面は、副社長の青木《あおき》に任せます」

「5年……。ですか」

安井は、自分の声に、不信感が滲んでしまったのを感じた。

「5年って、めちゃ長いですよ。僕の5年は、ものすごい価値ですよ。そこんとこ、お分かり頂けますよね」

木谷は、安井を試すように、挑発を始めた。

木谷のプランは、ワールドフィールドテックが主体となって、AG住永フィナンシャルグループに出資するファンドを組成。ワールドフィールドテックは、そこに3000億円を出資、他の投資家からも資金を集めて、1兆円規模にして、AG住永の資本増強を担うというものだ。

ワールドフィールドテックがデジタル取引で蓄積したビッグデータや、ネットビジネスのノウハウと、AG住永フィナンシャルグループが持つ金融ノウハウを結びつけ、ファンドから投入される1兆円の資金を活用して、グローバルに通用するフィンテックのビジネスモデルを打ち出す、という絵図も書き上げられていた。

「それで、リストラの件ですけど、これ3年で、きっちりやってもらえますよね」

「いや、まあ、そこは焦らず、もう少し、時間をかけましょう」

安井は、堂々とした態度を崩さず、鷹揚な声で応じた。

「駄目ですね。3年で、グループの人員を半分に、給与水準を3割カット、支店の数を8割削減する。これは譲れません」

木谷の声音は、情け容赦のない厳しさが露わになった。そもそも、グループの半分といえば5万人だ。その5万人には家族もいる。AG住永を退職して、いったい何人が、ちゃんとした職を得られるのだろう。上乗せ退職金を渡すとしても、多くの行員が生活に行き詰まるのではないか。安井は、ぐっと胃を摑まれるような不快感が残り、重苦しい空気が、肩にのしかかってきた。そんな安井の気分に配慮することなく木谷は、言葉を継いだ。

「できないなら、出資は、無理ですね。僕は本気だって言いましたよね」

「ええ、それは、もちろん」

「だいたい、海外融資をこんなに膨らませて、これ与信管理とか、ちゃんとできているんですか。新興国の景気は、これから後退局面ですよね。蓋を開けてみたら、不良債権だらけなんじゃないんですか。個人向けのビジネスは、コストと収益が、まったく合っていない。そもそも、なんですか、この無駄に、積みあがった預金は。完全に死に金ですよね。しかも、大企業向けの融資は、ほとんど利ザヤが取れていない。これって、楽観的な見通しを信じて、日々をやり過ごしているだけですよね。どうするんですか。世界経済が変動して景気が後退したら。バブルが崩壊して新興国の地価が下がったら、一発でメッキが剝げるでしょう。こんなのビジネスになっていませんよ」

木谷の目に、猟奇的な光が宿り、研ぎ澄まされた攻撃性が発揮された。そう、この1兆円の出資は、海外向けの不良債権処理のために必要だということは、木谷には、とうに見抜かれているのだ。

「ええ、ですから、リストラには、もう少し、時間をかけさせて下さい」

安井は、何食わぬ声で答えた。安井の中に、政府からの公的資金注入という選択肢が浮かぶ。仮に公的資金が入っても、政府から、ここまで厳しいリストラを求められることはないだろう。それに、そもそも、今、資本不足に追い込まれているわけではない。危機は眼前に迫っているが、現実になっているわけではないのだ。

しかし……、安井は再び、思考の隘路《あいろ》にはまり込む。竜崎から社長就任を告げられた日から囚われ続けている解けない問いを前に、逡巡が繰り返されていた。

「最後は、公的資金って手もありますよね。銀行の特権だ。いいですよね。僕らは失敗したら野垂れ死にするだけですから。でも、このままで公的資金、返済できるんですか。そうでなくても10年先、いや5年先に、このグループは生き残れるんですか。20代、30代の行員に将来の稼ぐ力を示せるんですか」

木谷は遠慮のない口調で話し続けた。木谷の言葉は、安井の心を捉えて離さない現実を言い当てていた。

「安井さん。あなたは結局、何を守りたいんですか。利益ですか、従業員ですか、それとも組織ですか。いや、あなた自身の地位と名誉ですか」

木谷は、真っすぐに視線を安井に向けた。安井は、木谷を見返したまま、沈黙を続けた。

「何もしないってことは、結局、ご自分を守ることにしかならない。自分がトップの間だけ、組織が生きながらえていればいいってわけですよね」

安井は、黙って木谷の言葉を聞き続けた。

「安井さん、大丈夫ですか。僕には、あなたが、竜崎さんの出来損ないのコピーみたいにしか見えませんよ」

木谷の目が猟犬のような獰猛な光を帯びた。安井は、木谷の言葉に心を揺さぶられ、自分の表情に不安な色が差し込んだことを呪った。

エピローグ

寺田俊介は、AG住永フィナンシャルグループの社長室に、1ヵ月ぶりに足を踏み入れた。正式な社長就任を間近に控え、すでに社長室の主は次期社長の安井成之に代わっていた。

写真や感謝状、観葉植物や骨董品など、竜崎太一郎の所有物はすべて片づけられていた。そして安井の社長就任を祝う胡蝶蘭が、数えきれないほど置かれていた。胡蝶蘭の名札には、日本を代表する有力企業の社長名がずらりと記されている。

しかし、すでに退社を決めた寺田にとって、社長室を彩る豪華な調度品や数々の胡蝶蘭、毛足の長い赤い絨毯も、すべて色褪せて見えた。

「急に呼び出して悪かったな。まあ、座ってくれ」

安井は、ソファーに腰かけるように寺田に促した。安井は、相変わらずの痩身だったが、悠然とした振る舞いを試み、虚勢を張っているように見えた。スーツの仕立てが高級になり、銀縁メガネもフレームが高価な印象のものに替わっていた。ただ、昔から安井を知る寺田にとっては、社長の竜崎や相談役の栗山の調整役として、ご機嫌取りに腐心していたころの姿と何ら変わらなかった。それどころか、社長らしさを演出しようとしている安井の姿は、どこか滑稽にすら感じられた。

安井はダークグレーのスーツの内ポケットから、寺田が竜崎に渡した辞表を取り出した。

「これは私が竜崎さんから預かった君の辞表だ。これを破らせてもらいたい」

寺田が、驚いた顔を浮かべると、安井が言葉を継いだ。

「半年ほど、アメリカで骨休めをしたら、もう一度、グループに戻ってほしい。なに、竜崎さんのことは気にする必要はない。半年もすれば、人事はすべて私が決めることになる。口出しはさせない」

安井の声は、いつものように冷静だったが、銀縁メガネの奥の目には強い光が秘められていた。

「いえ、お言葉ですが、私はグループを去るつもりでいます。決意は変わりません」

「どうしてもか」

「はい。ありがたいお言葉ですが、お気持ちだけ胸にしまっておきたいと思います」

「外資に行くつもりなのか」

安井は淡々とした口調で言った。

「はい」

寺田は、恐縮するように目を伏せたが、はっきりとした口調で答えた。

「転職など、できると思っているなら、大きな間違いだぞ。そもそも行き先も、まだ決まっていないだろう」

安井の口から強い言葉が出た。寺田は虚を衝かれて、思わず目を見開いた。日本一のメガバンクで人事の責任者をしていた安井は、東京での金融界の人の動きを詳細に把握しているのだ。

「君が竜崎さんのために、どんな手を使ったか、どんな手法で彼を引きずり下ろしたか。私はすべて知っているんだ。証拠だってある。それを忘れてもらっては困るな。これを転職先に話したら、どうなるかな。いかに外資だって、君を採用する会社なんてあるはずがない」

「お話の筋がよく見えませんが……」

寺田の眉間に深い皺が寄り、戸惑いと不安で、頬が微かに震えた。

「君にやってほしい仕事がある」

「いったい何でしょうか」

寺田は茫然とした顔で、安井を見るほかなかった。

社長室の空気が重く沈み、寺田は徐々に息苦しくなっていった。

社長を退く竜崎太一郎も相談役の栗山勇五郎も、顧問となり発言権を失う。新社長になる安井が手にする権力は、竜崎の時代より、一段と強大になる。栗山というさ型のトップ経験者の力が削がれた分、安井は、金融と証券の機能を兼ね備えた日本一の金融グループのトップとして、その権力を縦横無尽に振るうことができるのだ。

そう感じた瞬間に胡蝶蘭の名札が、現実的な力として寺田に迫ってくる。痩身の冴えない初老の男に過ぎなかった安井の姿が、別人のような強烈な磁場を放ち出した。そして、瞬く間に寺田を飲み込み、すべてを支配しようとしていた。

「これまで通り、ＡＧ住永フィナンシャルグループに貢献してほしい。いや、もっと、はっきり言おう。竜崎さんにやったように、いや、それ以上に、あらゆる手を使って、全力で私に尽くしてほしい」

安井は、そう言うと頬を緩め、薄い笑みを浮かべた。

（完）

小野一起（おの・かずき）

本名、小野展克（おの・のぶかつ）。1965年、北海道生まれ。慶應義塾大学卒。共同通信社の記者として、メガバンクや中央省庁等を担当、経済部次長、日銀キャップを歴任。現在は名古屋外国語大学教授、世界共生学科長。2014年に『マネー喰い　金融記者極秘ファイル』（文春文庫）で作家デビュー。本名の小野展克で『黒田日銀　最後の賭け』（文春新書）、『JAL　虚構の再生』（講談社文庫）など経済系のノンフィクションの著書多数。

よこどり　小説《しょうせつ》メガバンク人事《じんじ》抗争《こうそう》

2020年 4 月13日　第1刷発行

著　者　小野《おの》一起《かずき》

発行者　渡瀬昌彦

発行所　株式会社 講談社
〒112-8001
東京都文京区音羽2-12-21
電話　編集 03-5395-3522
　　　販売 03-5395-4415
　　　業務 03-5395-3615

印刷所　株式会社新藤慶昌堂

製本所　株式会社国宝社

定価はカバーに表示してあります。
落丁本・乱丁本は、購入書店名を明記のうえ、小社業務あてにお送りください。
送料小社負担にてお取り替えいたします。
なお、この本についてのお問い合わせは、第一事業局企画部あてにお願いいたします。

ISBN978-4-06-519315-0